化け者手本

蝉《せみ》谷《たに》めぐ実

角川書店

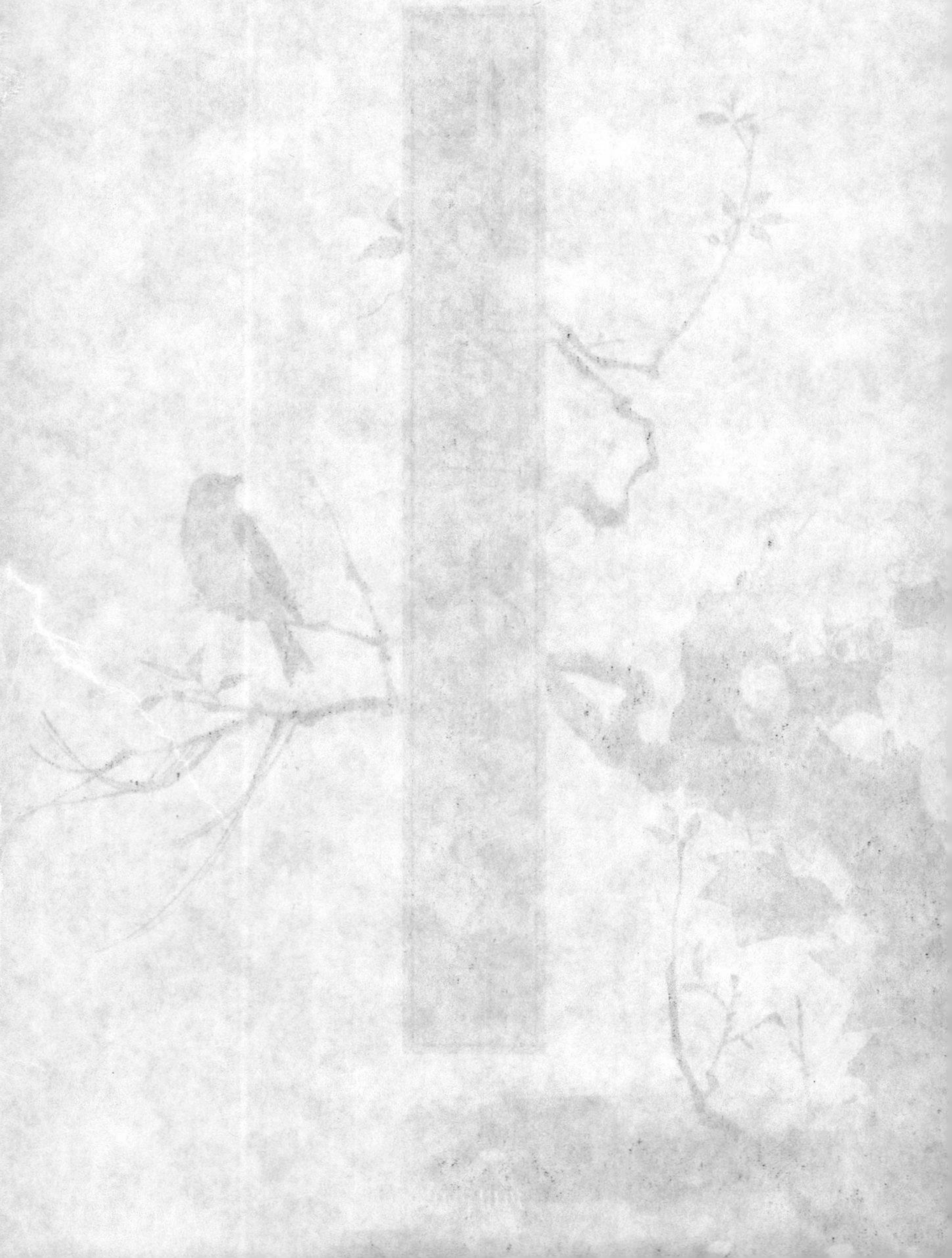

化け者手本

装画　紗久楽さわ
装丁　須田　杏菜

假令歌舞戯《けりやうかぶき》などいふものは、人情をうち出して、善人に似たる不善人も、善人の部へ入れ、貞女に似たる大淫婦《だいいんぷ》も、貞女の部へ入れ、よろづ人の気をとることを第一にすれば、見るものも又、戯の字に引きあてて、これを咎めず。これより甚《はなは》しきことも往々《まま》あれど、勧懲《くわんちよう》を宗《むね》とせし、唐山《もろこし》の小説《せうせつ》などには絶えてなし。

『夢想兵衛胡蝶物語《むそうびようえこちようものがたり》前編巻之三』「色慾國《しきよくこく》　中品下品《ちゆうぼんげぼん》」曲亭馬琴《きよくていばきん》　文化六年

歌舞伎役者の格付

座《ざ》頭《がしら》

名《な》題《だい》

相《あい》中《ちゅう》

中《ちゅう》通《どお》り

下《した》立《たち》役《やく》

||

稲《い》荷《なり》町《まち》

【主な登場人物】

田村魚之助《たむらととのすけ》　大坂《おおさか》生まれの元女形。屋号は白魚《しらうお》屋。当代一の女形として活躍していたが、数年前、贔屓《ひいき》の客に足を切られ、檜《ひのき》舞台から退く。時折、義足を使う。あだ名は信天翁《しんてんおう》。

藤九郎《ふじくろう》　日本橋《にほんばし》は通油《とおりあぶら》町で百千鳥《ももちどり》という鳥屋を母と営む青年。

中村勘三郎《なかむらかんざぶろう》　江戸随一の芝居小屋、中村座を仕切る座元。

曲亭馬琴《きょくていばきん》　『南総里見《なんそうさとみ》八犬伝《はっけんでん》』で知られる人気の戯作者。自宅で百羽以上の鳥を飼ったことがあるほどの鳥好き。

駒瀬《こませ》　中村座の若女形。『仮名手本忠臣蔵《かなでほんちゅうしんぐら》』でお軽《かる》を演じている。

阿近《あこん》　中村座の相中《あいちゅう》役者。顔が狐に似ており、あだ名はこん様。『仮名手本忠臣蔵』で早野勘平《はやのかんぺい》を演じている。

新吾《しんご》　中村座の小道具方。

おけい　大店の小間物屋・玉名《たまな》屋の一人娘。新吾に思いを寄せている。

円蝶《えんちょう》　中村座と客入りを競う芝居小屋・市村《いちむら》座の立女形。屋号は蝶屋。『助六廓《すけろくくるわの》櫻賑《はなみどき》』の揚巻《あげまき》を演じ評判をとっている。

める　本名・メルヒオール馬吉《うまきち》。長崎出島《でじま》の遊女と異国阿蘭陀《おらんだ》人の間で父《てて》なし子として生まれる。蘭方医の見習いの傍ら、魚之助を献身的に世話している。

泣く泣くお嫁に出した雛鳥《ひなどり》が、次の日、巾着袋《きんちゃくぶくろ》に入れられ店の格子戸の前に置かれていた。なにか粗相でもしただろうかと雛を売ったお客の家へ押しかけ理由を聞いてみれば、なんでも嘴《くちばし》の形が気に入らないと言う。柄も小せえし、毛艶《けづや》もよくねえ。こんな鳥じゃあ番付に出したところで、勘平《かんぺい》どころか大関だって取れやしねえ。そう言い捨てられて、ぴしゃりと払われた門前に、十日後、藤九郎《ふじくろう》は再び訪れた。戸を叩《たた》いて腕に抱えた鳥を見せると、出てきたお客の目はかっ開く。

ほうら、見さらせ、なんて飛び出しそうになった悪口《あっこう》は、きちんと喉奥《のどおく》ですり潰《つぶ》す。これくらいの分別がなければ、店主として商いを回してはいかれない。どうです、大きく育ちましたでしょう。藤九郎は笑みを浮かべてお客に言う。前の鳥番付じゃあ嘴の形がいっちいいとの評もいただきやしてね、なんと大関まで貰《もら》っちまって。お客が歯を軋《きし》らせるのを聞けば、少しは胸もすいいっとした。だが、そうして店に出戻った雛鳥を、手塩も手塩、海の綺麗《きれい》なところを干して作った塩粒のみを選んでかけるよう大事に育てたものだから、随分と人懐っこくなってしまった。

今日もその鳥は鳥籠《とりかご》を開けたそばから藤九郎の肩に飛び乗って、耳たぶをねちねち甘嚙《あまが》みしてくる。仕事の邪魔ではあるものの、店を開けている間は鳥の好きにさせている。なにせ藤九郎の店、百千鳥《ももちどり》は鳥商い。肩乗りするまで慣らされた鳥を見れば、道行く人でもおっと足を止めるし、鳥好きはどれどれと千鳥を白で染め抜いた暖簾《のれん》を手で押し退けてくれるのだ。

これが自宅で百羽も鳥を飼い、己一人で鳥図譜を刷り上げてしまうほどの鳥好きともなると、店の床几《しょうぎ》から尻《しり》が離れなくなるものらしい。藤九郎の横鬢《よこびん》を啄《ついば》む鳥に目を凝らし、手元の紙に何やらを書きつけているのは、さすが巷《ちまた》で流行《はや》りの戯作者《げさくしゃ》というべきか。

「すいやせん」

藤九郎は鳥籠を軒に吊《つ》り下げながら、男を見やる。

「今日は飯に米粒をやったせいか、どうにも興奮しているようで……。籠の中にでも入れましょうか？」

「動かすな」と即座に切って捨てられる。この応《いら》えに出会って間もない頃は怯《おび》えていたが、今では鳥のこととなるとまわりが見えなくなる性分だと知っている。藤九郎は黙って床几の上の墨壺《すみつぼ》に墨を継ぎ足した。

「それに、鳥籠に入れたところで、すぐに餌入れの下に潜り込んでしまうだろう。そもそもいすかは雀と祖を同じにしながら人馴《ひとな》れずで有名だ。そのいすかが肩に乗り、耳たぶを啄んでいる姿はここ以外では目にできぬ。百千鳥屋の鳥の飼養は江戸《えど》一だ」

「へへ、戯作者の先生ってえのは、人のくすぐり所を心得ていらっしゃる」

「百千鳥屋、わしは本の気の言葉しか口にしない」

そう言って、肩のいすかからこちらに目を向けられるのは、たまらない。こちとらただの二十《はたち》を越えたばかりの男で、人相はへのへのもへいじ。鼻にあたる、もの字を少々鷲《わし》の嘴の如く高く尖《とが》らせるくらいで事足りる。道で声をかけられるのも、屋根上の天水桶《てんすいおけ》の具合が悪いとかでこの身丈の高さが必要となったときのみ、——だったってのに。藤九郎は一つため息を吐く。昨日だって、道を歩いていると信天《しんてん》さんと呼びかけられた。うへえと思いながらも顔を上げれば、そこにはどこぞの誰かの満面の笑み。なんぞ御用でと問う暇もなくいきなり背中を覗《のぞ》かれたかと思うと、がっくり肩を落とされる。なんでえ、今日は背負ってねえのかい、なんて恨み節を藤九郎は、この如月《にがつ》に入ってもう三度聞かされている。

店を開けてから絶えず揺れていた千鳥の白抜き暖簾も、昼飯時になると落ち着いてくる。先ほど暖簾を揺らした女客はどうやら鳥の餌を購《あがな》いにきただけのようだから、通いの小僧に任せて問題ないだろう。すり鉢とすりこぎを手に、藤九郎が床几に尻を下ろすと、戯作者は待ってましたとばかりに藤九郎の肩へと顔を寄せる。

「目の玉は綺麗だ。羽の色もいい。どうして客は雛を手放した」

「色々と並べ立ててはいましたけど、一番は嘴のねじれ具合が足りないからだとか。嘴の上と下が食い違っているところがもっとわかりやすい方がいいそうですよ」

ふん、と戯作者は鼻を鳴らし、

「その客、例の芝居好きか」

「おっしゃる通りで」

藤九郎は膝《ひざ》を打つ。

半月ほど前、百千鳥の客足がいきなり伸びた。それも鳩の赤ら足からすっきり細い鶴の黒足になったような伸び様で、来る客はこぞっていすかを探していると言う。なんでも年明けに始まった芝居の台詞《せりふ》の一つにこの鳥が使われていて、その台詞がとんでもなく乙粋《おついき》らしい。台詞をもっと味わうために俺ぁ、いすかを手元に置きてえんです、と握ってくる手はじんわり汗までかいていて、笑い飛ばすことはできなかった。好きなものに連なるものはなんでも集めたくなる気持ちはまあ、わからないでもないのだが、世間の芝居への熱狂振りはいつだって底が見えず恐ろしい。

「ついには、どのいすかが一等台詞に合うか競わせようってんで、いすかの鳥合わせまで開いちまうんですからねえ。鶉《うずら》合わせや鶯《うぐいす》合わせはよく聞きますが、いすか合わせは初めてですよ」

「芝居贔屓《びいき》が騒ぎ立てるのも仕方がない。此度《こたび》の中村座《なかむら》の芝居は出来が良いからな」

戯作者のその物言いに、おやっと藤九郎は右眉《まゆ》を上げる。

「あなたがそうやって芝居事を褒めるのは珍しいですね」

馬琴《ばきん》先生、と呼びかけても男は湯呑《ゆのみ》みをずずとやるだけだから、こいつぁ本当に珍しい。

藤九郎は手元のすり鉢で餌を擂《す》り始めながら、横目を隣の老人に走らせる。

戯作者、曲亭《きょくてい》馬琴の書いた『南総里見八犬伝《なんそうさとみはっけんでん》』は先月三十巻目が出たところだが、その人気振りは巻を重ねるたびに増す一方で、貸本屋ではふた月待ちなどざらと聞く。すでに戯作者の上に当代随一がつくとの世間の評なのだから、でんと構えればいいものを、この老人の野心は今なお燃え続けている。同業の話題が口の端にのぼればすぐに機嫌を損なうし、芝居に嚙み付くこともままあるが、此度の芝居、中村座の初春狂言は馬琴の心をずんと突いたようだ。

口を茶で湿らせた馬琴が言うには、此度の狂言は義の芝居がいいらしい。

「いすか合わせで大関の上に勘平という位がつくられているだろう。この勘平は役の名だが、その芝居がいい。昨年の初春狂言の勘平はとんぼを切って小賢《こざか》しかったが、此度は浅葱《あさぎ》の紋服姿で芸に品がある。義を持つ武士の腹切りはああでなくっては。わしも八犬伝で八犬士に仁義《じんぎ》八行《はっこう》の玉を持たせているのでな、あの勘平の義の釈解には頷《うなず》ける部分があった」

馬琴の口は止まらず、黙って耳を傾けていた藤九郎も流石《さすが》に尻が落ち着かなくなってくる。馬琴の芝居話には興味がある。が、少々声が大きすぎるんじゃあなかろうか。

「先生は、いすかは飼われておりましたっけ」

芝居話を遮っての問いかけに、馬琴は眉を顰《ひそ》めたが、いや、と低く答える。

「以前は飼っておったが、今は金糸雀《カナリア》と鳩と蝦夷《えぞ》鳥《ちょう》のみと決めている」

お前も知っているはずだが、と問われれば、藤九郎は頷くほかない。

鳥屋の間でも、馬琴の家は入れ食いだと名が知れていた。仕事の多さに参ってんだろうさ、あのお人の目の前でぴいと一声、雛を鳴かせりゃなんでも購っていきなさるぜ。そう聞かせてくれた同業者の誘いに乗って、藤九郎も馬琴の仕事場を訪《おとな》った。だが、家に入って一転、あまりの鳥の多さに腹が煮え、縁はこれ切りで良いのでどうかお耳を、と忠言したのはたしかに藤九郎だ。それからというもの、飼う鳥を三種のみと決めた馬琴は藤九郎の店を訪うようになり、藤九郎の鳥話には必ず耳を寄せてくれる。

「そのいすかは買い手を探しているのか」

ほうら、きなすった。藤九郎の口端はにんまりと上がる。

「いい貰われ先があればお譲りしてえとは思っております。それに、ここにいると、元のお客がいすかを買い戻しに何度もやってくる。俺は滅多なことがないとお戻しはしないと言っているのに聞きやしねえ」

「滅多なこと、か。元の買い手に戻した例はあるのか」

寸の間、藤九郎の喉はぐうと詰まった。

「……一度だけ」

呟《つぶや》いた藤九郎に目をやって、馬琴はふんと鼻を鳴らす。

「お前のその顔、さては人魚か」

今の応えは聞こえなかった。もしくは、耳の右穴から左穴へ抜けていったことにして、藤九郎は懐から杉原紙《すぎはらがみ》を取り出し、床几の上へ置く。

「でも、いすかが出戻ってきたおかげで、糞《ふん》詰まりの鳥にいい薬餌《くすりえ》の作り方ってのを見つけましてね。そいつをお教えいたしやしょう」

万事に細かく、何事も帳面に書きつけたがる馬琴はこの話種にも食いつくはずで、藤九郎は勢いよく言葉を重ねる。

「先生のお飼いの鳩にぴったりの鳥砂も仕入れたんですよ。先月店にきた白子鳩《しらこ》もこの砂を大層気に入りやして、砂浴びと水浴びを繰り返すもんだから、水盥《みずだらい》がまるで泥風呂《ぶろ》みたいになっちまって」

「泥風呂というのは、役者が白粉《おしろい》を落とした後の楽屋風呂のことか」

またぞろ藤九郎の喉はぐうと鳴る。馬琴は帯に提げた袋から煙管《キセル》を取り出し一服つくが、その口元には笑みが湧いている。

「芝居のことはからっきしだったお前が、随分と詳しくなったじゃないか」

「いえ、そんな。詳しくなったってほどでは」

「こんなにも搦《から》め捕られてしまうとは、人魚役者の手練手管には恐れ入るな」

「馬琴先生！」

人差し指を己の唇に押し付けて、しい、しいいと音を出しつつ、藤九郎はあたりを見回す。

「そう何度も人魚人魚と舌に乗せられちゃあ困ります。あいつがどこでどう聞き耳を立てているかわかりゃあしねえんだから」

しかもその聞き耳がとんでもない地獄耳ときたもんだ。仕事を終えて、どれ今夜は一丁豪勢にと棒手振り《ぼてふり》から購っていた目刺し鰯《いわし》を小皿にこちりと落とした途端、いつの間にやら板間に座り、じいっとこちらを見つめているあの毛むくじゃら――。

ねうねう。

その瞬間、藤九郎は思い切りすりこぎに力を入れて、ごりりとやったがもう遅い。蜜《みつ》に漬け込んだ餡子《あんこ》のような鳴き声は、通りの悪くなった老人の耳にもすんなり入り込んだらしい。馬琴は足元に目を落とそうとしているが、此度ばかりはそうはさせねえ。藤九郎は馬琴の袖《そで》をきゅうっと握る。

「薬餌の作り方をお教えするお約束でしたね。鶏卵の黄身を粟《あわ》にまぶした粟玉が弱った鳥にいいってのはご存じでしょうが、これに青菜の刻んだのを擂り込むんです。筋が残っちゃあいけません。こう、音が鳴るくらいまで強く擂るのが肝要で」

ここでもうひとつ、ごりりをいわせようとする、と。

ねうねう、にゃあう。

「知らんぷりは許してくれなさそうだぞ、信天翁《しんてんおう》」

そんな馬琴の言葉にはあからさまに砂糖が振られていた。なんぞと馬琴の方を見てみれば、声の主である三毛猫は馬琴の膝に乗り上げ、その金目銀目で馬琴の顔を覗き込んでいる。そのくせ、馬琴が手を伸ばすと、するりと離れて床几の端へと戻るのだ。

己から引っ掛けておいて、体も触らせねえとはお高く止まっていやがるぜ。

一緒に暮らすとこうも飼い主に似てくるもんかねえ、と続けそうになってから、いや待て、藤九郎は思い出す。

この三毛と同じ家で飼われている金糸雀の高尾《たかお》は、誰が訪っても類《たぐ》い稀《まれ》なる鳴き声を聞かせてくれるし、手乗りもする。飼い主と三毛とは雲泥万里《うんでいばんり》の素直さだが、もしかすると、一度、百千鳥に出戻ったのが効いているのかもしれない。飼い主宅で目にした金糸雀への非道な扱いに怒髪天となった藤九郎が連れ帰った形だが、云々《うんぬん》あって元の飼い主のところへ戻した高尾はすくすくと育った。目付けのためにもその家に通っていた藤九郎だが、もうお役御免かと足を遠のけようとしていた頃にこれだもの。

「揚巻《あげまき》が迎えにきたとあれば、ここいらでお暇《いとま》するしかないようだ」

そう言って腰を上げようとする馬琴に、藤九郎は思わず縋《すが》り付く。

「何言ってんですか、先生！　あんな猫なんぞ、待たせておきゃあいいんですよ」

喚《わめ》く藤九郎を尻目に、揚巻と呼ばれた三毛はこちらに向かってくわりと欠伸《あくび》をして見せる。こいつぁ、わざとだ。こんにゃろうめと睨《にら》む藤九郎の横で、「一丁前に脅してくるじゃないか」と猫の口から溢《こぼ》れる牙《きば》の煌《きら》めきを馬琴は笑う。

「これ以上百千鳥屋を引き止めて、わしの大事な鳥を喰《く》われちゃあならんからな。近い内にまた寄ろう」

武家の出である馬琴のしっかりした足腰は慈悲もなく、さっさと大通りの角を曲がっていった。馬琴の後ろ姿が消えてすぐさま、藤九郎は揚巻に啖呵《たんか》を切る。

「お前のせいでお客さんに迷惑かけちまったじゃねえか」

加勢でもするかのように、肩のいすかが揚巻に向かって鳴いているが、揚巻はどこ吹く風で毛繕いをしている。その様子に何やら喧嘩《けんか》を売られているように感じるのは、己の名前が鳥に関係しているからだろうか。

なあ、鳥屋さん。あんさんのお名前、藤九郎ってのは阿呆鳥《あほうどり》の別の名らしいやないですか。せやけど、阿呆阿呆と何べんも口にするんは下《げ》の品《ひん》やさかい、あたしは、もうひとつの別の名の方で呼ばせてもらいましょ。

あの人が揚巻の喉をくすぐりながら呼び始めた名前はすぐさま周りに広まって、皆こぞって藤九郎のことを信天翁と呼ぶようになった。この江戸じゃあ、芝居役者こそが流行りの中心、人の呼び名を皮切りに、着物の柄行き、帯の結び目、化粧《けわい》に煙草に髷《まげ》の結い方、全て芝居役者の真似をする。それが芝居の舞台を降りて数年経った元女形であってもだ。

「今日こそ俺ぁ、あいつにがつんと言ってやるのよ」

鳥の世話を小僧に任せて、この日は店仕舞いとした。粘ったところで、揚巻が鳥たちを驚かせ商いの邪魔をしてくることはわかっている。

歩き出した猫のあとを追いながら、猫の尻相手に啖呵をぶつける姿は、ここ通油《とおりあぶら》町の名物にもなっている。読売の種にもされたが口に出さずにはいられない。

「こうも何度も店に呼びに来られちゃあ、店の商いが立ち行かなくなっちまう。お前だって知らんぷりじゃ済まねえぜ。お前の好物の目刺しだって、おいそれとあげられなくなっちまうんだからな」

そう脅し付けても、前を行く短い尻尾《しっぽ》は、変わらずたんぽぽのように揺れている。

「ひもじくって俺のすねに頭を擦り付ける姿が目に見えるようだぜ、ざまあみろい」

そんな啖呵を切っておきながら、夕餉《ゆうげ》時に家に上がると目刺しの尻尾を手に乗せてくれることを知っている揚巻は、わざわざ振り向いてからねうねうと笑った。


猫の尻を追いかけ、通油町を縮こまりながら進んでいた藤九郎の背中も、芝居町に一歩入ればしゃっきり伸びる。ここいらではもう、道中声をかけられることはほとんどない。この町に居を構える人間たちにとって藤九郎の姿は、もはや見飽きたものになってしまったらしい。あれだけ行ったり来たりを繰り返していりゃあな、とは思うものの、藤九郎はちょっぴりつまらない。道中声をかけられて、うへえと顔を渋めて応《こた》えながらも、心内に得意げな面をしている己がいることに藤九郎は気が付いている。

芝居町は、堺《さかい》町と葺屋《ふきや》町とを合わせた二丁町のことを言い、それぞれが芝居小屋を抱えている。櫓《やぐら》を上げることを許されている三つの芝居小屋のうち二つが揃っている上、芝居に関わる者はここに住まいを移せとのお上のお触れによって、この町は芝居好きと芝居者で溢《あふ》れかえっていた。その芝居者たちに藤九郎の存在が知られるところとなったのは、半年ほど前に起こった芝居小屋での事件のせいだった。

芝居町を通り抜け、住吉《すみよし》町の隅ながらでんと構えられた屋敷の前で、藤九郎は足を止めた。以前の藤九郎であればここで、はああっと長いため息を吐いたはずだ。黒い板塀をまわりにめぐらせ、格子戸は紅殻《べんがら》塗りのこのえらく立派な屋敷を前にすると、腹はふつふつと煮えてくるはず。おそらく、こんな文句も口に出た。

一体どうしてこの俺が、元女形のお供をせにゃならねえ。

そりゃまあ、あの人は舞台でこさえた傷が原因で膝から下を切っているから、どうしてもってんなら足代わりにもなるし、あの人のお遣いで貰えるお駄賃は少なくねえし、とぶつくさ続けていた男が、今じゃあ勝手知ったる顔で屋敷裏手の内玄関に回り込み、馴染みの女中に声をかけている。そのまま板間に上がり、廊下を進むと案内役が足を踏み鳴らしながら追いかけてくる。以前の藤九郎が、すいすい進む今の藤九郎を目にしたならば、目を覚ませとばかりに頭をごつりとやってくるに違いない。

想像するとちょっぴり笑えて、思わず眉間《みけん》に拳《こぶし》を当てると、

「またでっか」と呆《あき》れた声がかけられる。

「せやからそないなことは、あんさんが自分でやらんでも、めるが代わりにやったると言うてるやおまへんか」

顔を上げれば、案内役の男はいつの間にやら隣にいて、こちらをのぞきこんでいる。

「前のあんさんに戻ってくれはるんなら、なんぼだって殴ってやりまっせ」

「やめてくだせえ」と藤九郎は苦笑する。「あんたにそんなことをやられちゃ、頭がかち割れちまう」

男はふん、と鼻息を寄越《よこ》して藤九郎の前へ出る。案内を続けてはくれるようだが、その長い足で一人廊下をずいずい進んでいくところは意地が悪い。だが、こんな男も、あの人

を目の端に入れた瞬間、態度をひっくり返す。あの人のためなら手取り腿《もも》取りお世話をするし、おまけにこの家の差配を一手に引き受けているという。にもかかわらず、あの人は芝居小屋のお供に藤九郎ばかりを連れていくのだ。嫌われるのも致し方なしと合点はしているが、この頃、その嫌いの度合いが増している気がしてならない。

「一体、俺の何が気に入らないってんです」

「面《つら》や、面」

言い捨て、鼻に皺《しわ》を寄せる顔は、彫りが深いから凄味《すごみ》がある。くわえて、鶯の羽色の目玉も赤茶けた髪色も凄味に一役買っている。める、正しい名をメルヒオール馬吉《うまきち》には異国阿蘭陀《おらんだ》の血が入っている。

「面ったって、そんなの今更じゃあないですか」

「己のことやのに気付いてはらへんのでっか。先の中村座の騒ぎを境にえらい変わりようやがな」

「えっ、どんな風にです」

気になってめるとの距離を縮めるが、阿呆《あほ》か、と切って捨てられる。

「なんでめるが野郎の顔について楽しくお喋《しゃべ》りせなあかんねん、気色の悪い」

むうと唇は突き出たが、己が変わったとのその指摘に藤九郎自身、否やはない。

半年前、江戸一大きい芝居小屋で一匹の鬼が役者に成り代わった。その鬼暴きに半ば付き合わされる形で、藤九郎は芝居の世界を知ることとなった。いや、藤九郎が目にしたものなんて芝居の世界のほんの一部で、上澄みを薄く掬《すく》って知った心持ちになっているだけかもしれないが、それでも、藤九郎が鳥の羽毛で築き上げてきた世界を根底から覆すものだった。

いくつもの豪奢《ごうしゃ》な部屋の前を通り過ぎ、一等奥の小造りな部屋の前で足を止める。横目で見やれば、やはり今日もめるは袂《たもと》から鬢付け油を取り出し髪を撫《な》で付けているから、藤九郎は黙って目の前の襖《ふすま》を眺める。金箔《きんぱく》を散らした襖紙に泳ぐ白魚は一匹ぽっちだが、数年前までは江戸中を群をなして泳ぎ回っていたらしい。娘は帯に旦那《だんな》は煙管入れ、妻女は袂にお店者《たなもの》は手拭《てぬぐ》いと、白魚屋《しらうおや》の贔屓はみんなして、白魚の紋を己の持ち物のどこかしらに入れていたという。

「魚様《ととさま》、鳥が現れよりました」

支度を整えためるが声をかけると、部屋内からお入りぃ、と柔らかな声が返された。藤九郎は寸の間動きを止めて、すぐさま、ははん、と鼻で笑う。こいつはなんぞ企《たくら》んでいるに違いない。この人が絹の如くの柔らかさを見せてくるときは、十中八九その絹の裏地に、なにかが縫い付けられている。

白魚屋、田村魚之助《たむらととのすけ》とはそういう役者だった。

襖を開けてすぐ目に入るのは紅赤に今紫と色取り取りの振袖を敷き詰めた海だが、そこに魚之助はいなかった。と、いきなりきゅうっと手首を握られる。跳び上がりかけながらその手を辿《たど》れば、襖にもたれかかるようにしてくすくす笑う人がいる。

こうして人の肝を突いたと思えば、撫で上げてくる。人を蕩《とろ》かすのが大層うまい元女形は、檜舞台《ひのき》を降りた後も平生《へいぜい》を女子《おなご》の姿で通していた。白鼠《しろねず》色の振袖は色味こそ渋めだが、その分袂と前見頃に縫い付けられた魴鮄《ほうぼう》の赤い鱗《うろこ》が随分と映える。毎月変えるお着物に旬のお魚を入れてくるところが乙粋でしょう、たまんない、と顔馴染みの白魚屋贔屓はよく、頬を染めていた。

義足をつけているらしい魚之助はゆるりと藤九郎に体を近づけてくる。真正面から覗き込まれ、思わず仰《の》け反るようにして顔を背けると、魚之助はちぇっと舌を打った。

「なんやつまらん。前の信天やったら尻でもついとったのに、おもろない」

畳に体を投げ出し寝そべったまま、ついいっと小さく右足を上げる。弾《はじ》かれるようにその足に飛びつくめるは、まるで魚の尾っぽを差し出された野良猫だ。

「今日までに何度この家に通ったと思ってるんです。あんたの顔なんて見慣れました」

見せつけるかのように尻をゆっくり畳の上に落ち着けてやったが、魚之助はめるに義足を外させながら、

「これやから信天翁は鳥目であかん」と余裕綽々《しやくしやく》に言ってくる。

よう見てみい。魚之助は藤九郎に顔を近づける。

「見れば見るほど、端々が気になってたまらへん顔やろが」

藤九郎がぐうと喉を詰まらせると、魚之助はころころと笑う。この人のこういうところはいつまで経ってもいけすかない。切れ上がった二皮目《ふたかわめ》のひだの線、口元に二つ並んだ

黒子《ほくろ》の大きさ、細い顎《あご》の先なんてびいどろ細工みたいで触ってみたくなりますやろ、と言われては何も返せない。一度目に入れてしまえばどうにも頭にこびりつく顔だと藤九郎もわかっちゃいる。わかっちゃいるから、魚之助をのせている背中を突然覗き込まれ一方的に恨み節を吐かれても、仕方がねえで呑み込んでしまえるのだ。

だがここで、どうにか言葉を返してやろうといきり立つのは以前までの藤九郎。今の藤九郎は足を畳み直して背筋は真っ直ぐ、正面から魚之助を見る。

「俺ぁ、あんたに物申したいことがあって、ここに来たんです」

こちらも顔を近づけてやると、魚之助はわずかに体を引いた。あらまあ、と口元を扇子で隠して目を細める。

「気付かん内にそないに肝がでっかくなってはったとは驚きやわ。鍋《なべ》に入れたら、ええ出汁《だし》が取れそうや」

これにはもちろん、めるが口を寄せてくる。

「あかんで魚様、こんな男の肝なんて大味に決まってまっせ。でかいだけで身がしまっとらへん」

「せやなあ。ほんなら、揚巻の餌にしましょ」

なおん、といつの間にやら部屋に入り込んでいたらしい三毛が鳴き、温味《ぬくみ》が出た部屋の中で、藤九郎だけがぶすくれる。そんな藤九郎の不細工面をちらと見て、そんで、と尋ねてきた魚之助の声は思いの外優しい。

「前はあんなにも嫌々がお顔に張り付いてはった信天さんが、わざわざお家にお越しいただいてまで物申したいってのはどないなお話なんでっしゃろ」

まるで藤九郎が望んで来たかのような言い草には文句を言いたくなったが、ひとまず喉奥に押し込めた。目を閉じ、代わりに口を開く。

「俺が店を開けている間に呼びにくるのはもうとやかく言いはしませんがね、ですが、一度呼びつけてその次に呼び出すときには、せめて十日は空けていただきてえ。こっちも鳥の世話があるし、鳥を売った客の家を回らなきゃいけねえんですから。今日だってあんたの呼び出しをくらったせいで、客を追い返す羽目になっちまって――」

口出しをされることなく、思いの外するすると通る物言いに、片目で目の前の人をうかがってみた。すると、そこには、魚之助のきょとんとした顔がある。想像だにしていなかった表情に、こちらも一気に拍子が抜けた。

「あたしとちゃうわ」

魚之助の言葉に、「へっ?」と素っ頓狂《とんきょう》な声が出る。

「今日のはあたしが呼んだんじゃあないわいな」

「そ、そうなんですか」

なら、下手人は自《おの》ずと知れる。藤九郎は魚之助の手に懐いている揚巻を睨《ね》めつけた。もしかするとこれまであった呼び出しも、幾数回かはこの三毛のおちょくりによるものだったのかもしれない。先の魚之助の言い草もなるほど腹に落ちる。

「なんや信天さんは、あたしが呼んだと思って飛んできてくれはったんか」

にやにやと笑みを浮かべている魚之助に、次はこちらがきょとんとした。

「そりゃそうですよ」

なんの気負いもなく返す。

「いや、だからってそう頻々《ひんぴん》に呼び出されちゃ困るってのが先《せん》の話ですけども、でも、あんたが呼んだとあれば行きますよ。しぶしぶなときもありますが、必ず行きますよ。魚之助のお傍にいると俺は言いましたから」

魚之助を背にのせて、芝居小屋と魚之助の家を行き来する藤九郎を見かけた芝居者たちは、口にする。どうやら人魚役者は檜舞台に戻るらしい。その声は日に日に大きくなっている。この噂話を耳にしためるは、らしいじゃないです、戻るんですよと鼻息を荒くしていたけれど、藤九郎は別にどちらでもいいと思っている。

だって、この人魚役者は歩くのが上手《うま》くなったのだ。以前のように、無くなった尾びれを必死に動かすことはせず、振袖の海から上がったその足で陸の景色をゆるりと楽しんでいる。部屋に入ってきた藤九郎を義足をつけた足で驚かすその子供振りも、前の張り詰めていた魚之助を知っているだけに、頬が緩んでくるものだ。だから、魚之助がよろよろとでも前に進む様をできるだけ隣で見ていてやりたいと、そう思って告げた言葉だったのに。

藤九郎はなんでえ、と思った。

なんでえ、その顔。いつも色気を食《は》んでいるような口をきゅうと一文字に引き結んだりして、俺はなにかおかしなことでも言っただろうか。

魚之助は畳に敷かれた振袖の下から煙管を取り出すと、捻《ね》じ込むようにして己の口に差し入れた。かしりと羅宇《らお》に爪が当たった音に、めるがちらりと魚之助を見た。

「こら驚きましたわ。えらい忠義者にならはって」

言って、魚之助は細く長く煙を吐く。

「そんな忠義者なら、この事件は打ってつけやな」

煙が消えた後はもう、魚之助の口端はいつものように上がっている。

「事件?」

嫌な予感がした。お入りぃと部屋の外にかける魚之助の声が柔らかいのも、おそろしい。藤九郎が思わず尻で退《すさ》る中、入ってきた男は入口近くで丁寧至極に足を折るなり、額を畳に近づける。

「お初にお目にかかります。わっち、名を千代蔵《ちよぞう》と申します」

上げられた顔には明らかに強張《こわば》りがあったが、そいつを一旦《いったん》横に置いて置けるほどの顔《かお》面《つら》の良さ。肌が白いのも相まって、

「まるでお雛さんのようやねえ」との魚之助の言葉に、二度頷く。

「座元も洒落《しゃれ》た人間を寄越すやないの。三月前まで端役で舞台に立っとった役者落ちやから、お顔が綺麗。この事件の話をしてもらうにはぴったりのお人やわ」

すかさず、めるは魚之助へと膝を寄せ、

「ということは、演目は『仮名手本忠臣蔵《かなでほんちゆうしんぐら》』。これを今、小屋でかけているのは中村座。此度の事件も中村座で起こったことで」

「大当たりや、める坊。お利口さん」

めるはこちらに向かって、ふふん、と鼻を鳴らしてくる。藤九郎はそれが一寸《ちょつと》ばかり悔しい。芝居者はなんでも芝居事を芯《しん》に据えて物を語る。どこぞのお偉方が、近頃世間は芝居こそを手本とし芝居の真似をしていると、江戸の潮流を評したのも芝居者の天狗《てんぐ》っ鼻を伸ばしたようで、芝居を知らぬ者には当たりが強い。まだまだ芝居に関しては素人《とうしろう》の藤九郎も、己の頭の中に芝居のための簞笥《たんす》をひとつ拵《こしら》えた。魚之助の家を訪ねるたびに、その抽斗《ひきだし》は次々と埋まっていく。

「忠臣蔵は大序の前に口上人形で始まるのが慣《なら》いやさかい、千代蔵はんはそのお顔の通り、人形振りで頼みますで」

今日もまた、藤九郎が抽斗に一つ芝居話を仕舞ったところで、千代蔵が背筋を正した。帯に挟んでいた手拭いを尻に敷き、順繰りに藤九郎らの顔を見回す。エヘンエッヘンと態《わざ》とらしく咳《せき》をすると、台所から聞こえている女中のつかう包丁の音がなぜだかやけに響いて聞こえる。

「一座高うはござりまするが、江戸一の本櫓、中村座が座元、中村勘三郎《かんざぶろう》より仰せつかったこの大役、当座桟敷《さじき》番であるこの千代蔵が此度の事件のあらましを、口上をもって申し上げ奉りまするぅ」

深く辞儀をし、上げた顔にもう強張りはない。

「今日より三日ほど前のこと、此度の初春狂言が幕を開いて早十日。客足は市村《いちむら》座に持っていかれつつも上上で、その日の中村座の鼠木戸《ねずみきど》も人が出たり入ったりと忙《せわ》しない」

だからこそ。

カカン、と包丁がまな板を打ち付け、藤九郎は息を呑む。

「小屋にぬるりと入り込んだものに、誰一人として気付けなかったのでございます」

とざい、とぉーざい！

目の前の芝居者は大きく声を張り上げる。同じ長さ分だけ左右の口端をあげる様は、まるで人形のようだった。


幕が開いてからの中村座は、皆が浮かれ気分でございました。なにせ、かけた芝居が大入りで、小屋の鼠木戸は毎日沢山の客を呑んでいる。市村座の木戸の呑みっぷりも良いとは聞いておりましたがまあ、わざわざいがみ合う必要はございません。己の小屋の客の数だけを数えていれば、役者衆は機嫌がいい。すると、役者からもらえる駄賃の嵩《かさ》が増す。役者や贔屓からの心付けのみで生計《たっき》を立てている芝居者も少なくありませんから、此度の当たり狂言はたしかに中村座の空気を緩めておりました。一方、わっちら桟敷番は客が入れば入るほどきりりと気を引き締めなければならぬものでして。ええ、桟敷番とはその名の通り、桟敷席を購ったお客人のお世話をする表方《おもてがた》でございます。舞台の真ん前、土間に敷いた畳に尻を置き、その場で弁当をかっ食らう枡《ます》席のお客とは違い、桟敷席のお客が尻を置くのは、舞台に向かって右左《みぎひだり》、磨いた板敷きの上のお座布団。食事は幕間《まくあい》に芝居茶屋までお連れして、出される膳《ぜん》に舌鼓を打っていただく。ここでどのお座布団、どういう膳を出すかが桟敷番の腕の見せ所。桟敷の頭《かしら》から配られたびらを覗き込み、茶屋の手配通りの席に客が収まっているかをただ確認するのではいけません。ああお腰を悪くした松野《まつの》屋の旦那には綿の固い座布団を、越後《えちご》屋の女将《おかみ》さんに出す茶はもっと渋くなくっちゃねと、そういう気働きが肝要です。見目がよいのももてなしの一つになりますから、舞台から降りた役者で顔がいいのには、桟敷に回らないかと声がかかる。わっちもそうして入った口で、端役者ではございますが、つい三月前まで檜舞台に足を乗せておりました。その役者の性《さが》が、まだわっちの中には残っていたからでございましょう。あの日、芝居が終《は》ねて片付けをしていたわっちの目玉が、己の領分である桟敷を越えて枡席の方にまで動いてしまったのは。

あの日は朝から薄気味悪い天気でございました。濃鼠の雲が空一面に塗りたくられて、ときおり稲光が光りますのに雨はなし。こちとら、朝っぱらから客人にお持ちいただく蛇の目傘をかき集めたというのに使う機会はございませんで、その片付けに追われる始末。雨に降られる前にとお客人も芝居者も早々に帰路についておりました。

陽の落ちた芝居小屋の桟敷でわっちは一人、持ち込んだ手灯《てあかり》をたよりに傘をまとめ上げておりました。今思えば、あの日は妙に時間がかかった。小屋内に籠《こ》もっていた昼日中の人熱《ひといきれ》が生半《なまなか》に冷やされて、どこか滑《ぬめ》り気がございました。そして、ああ、あれは江戸紫の傘を持ち上げたときのこと。なにやらがまつ毛に絡まって、それがわっちの目玉を枡席にまでぴいんと動かしたのでございます。すると、暗闇の中、枡席にぽつねん何かがいる。手灯を両手にかかげてみますと、何かは席を升に区切っている横木に前のめりに寄りかかっている。お客さまと声をかけましたが、応えはない。わっちは仕方なく、桟敷を降りて土間に足をつけました。近づくごとに大きくなってくるその背中から、やはり姿形は人間で、それも男だと知れました。酒が過ぎたのならまだいいが、ただ寝こけていやがるんなら、こいつは芝居のわからぬ素人。今日の芝居はうんといい出来でございましたから。そんなことを考えながら、わっちは目の前の背中にまた声をかけます。お客さま、芝居はとっくのとうに終《は》ねてござんすよ。やっぱり応えがございませんので、かくりと前に折れている頭を覗き込み、いい加減になさいませ。言いかけ、息を飲みました。ぞろりと一息に背中の毛穴が粟立って、ごうごうと獣のうなり声のような耳鳴りがいたしました。

死んでいるのです。

男は見るからに死んでおりました。わっちはぎゃあと悲鳴を上げて、尻をつく。いえ、魚之《ととの》太《だ》夫《ゆう》。仮にも檜舞台に足を乗せていた者がなにを無様な、とのお叱りは今ひとつお待ちくださいまし。わっちはこれでも元役者。舞台の上で色取り取りな死に様をこの目で見てきております。饅頭《まんじゅう》を喉に詰まらせているだとか、心の臓の発作だとか、そういうのであれば悲鳴をあげたりなんぞはいたしません。

ですが、目の前の男の死に様は、芝居の世界でもついぞお目にかかったことがない。尻をついたまま、わっちはへへへの心持ちになっておりました。へへへ、今のはそうだよ、見間違いに違いねえ。わっちは声に出してちょっと笑い、細く目を開きます。目の前の景色は変わっておりません。
やはり男は死んでいて、
男の両耳から棒が突き出ているのでございます。

語り終えた千代蔵の顔には、怯えが舞い戻っている。脂汗の玉だって次々と月代《さかやき》に浮き上がっているというのに、この元女形は近くの抽斗から耳搔《みみか》きを取り出すのだから、本当に底意地が悪い。睨む藤九郎を意にも介さず、耳搔きを己の耳に突っ込みながら魚之助は聞く。

「死に因は、その耳穴の棒か」

「いえ」と千代蔵は手拭いを首筋につかいながらも、しっかりと首を横に振る。

「首の骨がぽっきり折られていたそうです。見分した狂言作者によると、耳穴にこびりついている血の量がどうにも少ない。耳穴の棒は首の骨が折られてから差し込まれたに違いないと」

「せやったら、下手人《げしゅにん》は殺した後にわざわざ耳穴に棒を突っ込んだっちゅうわけやな」

ほう、と紅を乗せた唇に人差し指の腹をあて、

「仏になっても聞かせたくないもんがあったんか、それとも仏を何かに見立てたか」

呟く魚之助に、思わず藤九郎は口を開く。

「見立て、ですか」

「そんなことも知らへんのでっか」

ここぞとばかりにめるは口を入れてくる。いくら藤九郎でも見立てぐらいは知っちゃあいたが、ここはひとまず言葉を吞み込んでおくことにした。こういうときのめるは存外、良い先生であったりする。

「人なり場面なりを何かになぞらえる、あるいは何かに置き換える。それが見立て。芝居にはよう使われる手法だっせ。たとえば『寿曾我対面《ことぶきそがのたいめん》』の幕切の見得。幕終わりに役者が一同舞台に揃って見得を切るんやが、これが敵役《かたき》の工藤《くどう》を鶴、五郎十郎《ごろうじゅうろう》の兄弟を富士山《ふじさん》に見立てて縁起がいいってんで、絵面《えめん》の見得と呼ばれとります。此度、小屋にかかっている『忠臣蔵』でも、茶屋場の見立て遊びは人気の幕や。ここは台詞が決まっとらんから、何をどうやって見立てるんかは仲居役と太鼓持ち役が己のお頭《つむ》で考えんとあきまへん。役者の洒落心の見せ所なんですわ」

めるのご高説を頭の簞笥に仕舞い込みながら、なるほどと藤九郎は一人合点する。

魚之助が千代蔵に人形振りでと命じたのも、見立てみたいなものだったわけか。

「芝居の世界そのものに見立てを使うこともありますで」と魚之助は言い添えてくる。

「現《うつつ》で起こった騒ぎやら事件やらを芝居に仕立て上げるのは、芝居の定石のひとつや。せやけど、そのまんまを板の上に乗せるとお上から目をつけられる。客《けち》のつけられ様によっては幕を開けんようになることもあるさかい、丸ごと別の時代や場所に置き換えるのや」

めるは勢いよく首を縦に振るが、藤九郎の眉間には皺が寄る。こうも事件と芝居が繫《つな》がってくると、ろくなことがないもので――、

「なんにしても、耳穴に棒をぶっ刺すそのお心の動き方には、そそられるものがあるわいなあ」

ほら見ろ、目の前の元女形はぺろりと唇を舐《な》めている。

「事件が起こった日の木戸番は誰や。源《げん》さんか」

「え、ええ、源太《げんた》さんです」

いきなり水を向けられたどたどしい千代蔵に比べ、魚之助は水を得たなんとやらだ。

「せやったら、屍体《したい》を担いだ奴《やっこ》さんが木戸口をくぐってきたってことはあらへんな。あのお人は木戸札もなく忍び込んでくる鼠が大のお嫌いやから、木戸口から目を離すような真似はせん」

「へい。ただでさえ近頃は無賃者が増えておりましたので、その日も源太さんは一日木戸台に張り付いていたと聞いております。桟敷口と楽屋口も、ここを通ったとは考えにくい」

桟敷口は芝居茶屋の廁《かわや》を使う客のためにお店者が何人も控えていたし、楽屋口は役者の出入りで忙しない。大道具や衣裳行李《いしょうごうり》に隠したところで屍体は重く、これをえっちら運ん

でいる人間がいれば誰かしらの目にはついていたはずだ。

「つまり、芝居の最中にその殺しはおこなわれたっちゅうわけか。その日、客席で揉《も》め事は？　贔屓同士の諍《いさか》いなんぞは、手が出るのも珍しないやろ」

「ございませんでした。大向こうはかかっておりましたが、腰を上げねばならぬような声はわっちの耳には届きませんで」

「なら、下手人は悲鳴の一つも上げさせんで首の骨を折ったんか。なんとまあ、惚《ほ》れ惚《ぼ》れするお手並やないの」

「ちょ、ちょっと待ってください」

何やら勝手に進んでいくお話に、藤九郎は慌てて声を差し込んだ。

「そうやって事件の細かいところをほじくってどうしようってんです。そういうのは同心が調べればいいことでしょう」

魚之助は一旦口をつぐんだ。ちらりと横目で千代蔵を見上げてから、

「どうやらお奉行様はご存じあらへんようやで」

んふふ、と寄越された笑い声に、「は」と思わず口が開いた。

「いや、だって芝居小屋で死人が出たんですよね。それならお上に届け出ているはずで」

「そうや、出たんや、芝居小屋で見つかったんやない。見つかったんは、せやな……小屋裏手の楽屋新道の路地裏か、それとも親爺《おやじ》橋の下の叢《くさむら》の中か」

「親爺橋の下です」と千代蔵はおずおずと言う。

藤九郎は黙って暫《しば》し思案した。辿り着いた答えに口は自然とへの字に曲がる。

「……仏を動かしたってわけですか」

ほとりと藤九郎の手元に落とされた金平糖は、どうやら当たりのご褒美らしい。

「まあ、芝居者なら誰もが思いつく策だすわ。ただでさえ、衣裳の金糸が目立ちすぎるだの、筋立てが気に食わんだのと、お上は何かにつけて興行を差し止めてくるのや。死人なんぞ小屋から見つかってみい、二《ふ》タ月は芝居の幕が開けられへん」

なんてえことを、と怒りは腹から湧いてくるが、これが今の藤九郎の喉を通るとため息へと変わってしまう。芝居小屋に生きる者にとっては、舞台の幕を開けることがまず何よりも先に来る。これだけ魚之助と一緒にいれば、存分に思い知ることだ。

「座元のご指示で？」と聞けば案の定、千代蔵はこくりと頷く。だが、藤九郎には得心が行かぬ部分もある。

「動かしたんでも、仏は見つかったんでしょう。それなら同心も調べを進めているはずだ。下手人探しはお上に任せておけばいいじゃないですか」

「座元が言うには、どうにも進みが悪い、同心の旦那らは当てにならないね、とのお話でして。小屋の下の者に旦那らを見張らせているが、死人の出所を変えたぐらいであぁも見当違いのお調べをするものかね、と」

その返しはなおさら、藤九郎の胸内に引っ掛かる。

「ならどうして座元は俺らに話を持って来るんです。こいつは己でもひでえ言葉だとわかっていて口にしますがね、同心の調べが進まず、仏と芝居小屋が糸で繋がって来ないんなら、小屋の人間からすりゃあ万々歳じゃありませんか。親爺橋から見つかった仏はただ知らぬふりをしておけばいい」

あのお人なら、万々歳にくわえて、小屋中に餅《もち》でも振る舞うに違いない。

藤九郎は、貫禄《かんろく》を腹と顎下に蓄えた男の姿を思い浮かべる。

仏さんの足を無理やりに動かしてしまったそのお詫《わ》びに、必ずや下手人を捕まえて見せましょう、とそんな温《ぬく》みのあることを考える人間ではない。この人こそまず何よりも舞台の幕を開けることを大事にしている。中村座の屋台骨である座元たるもの、それくらいの心持ちでいなければならないのだろうが、だからこそ、その心持ちをひっくり返してまで下手人を調べようとするのには間違いなく裏があるはずで。と考えたところで、藤九郎の頭にはぴんとくるものがある。魚之助は藤九郎の顔を覗き込み「今日はえらいお頭が働く日やないの」とまたぞろ金平糖が畳にほとりだ。

「座元は同じような事件が近い内にもう一度小屋で起こると踏んどるんや。せやから、あたしらに早う下手人を見つけ出してもらわんと困るんやろ。でも、はて。なんで座元は事件が起こると当て込むことができたんやろなぁ」

魚之助は袖から一本指を出す。そいつをつつつと千代蔵の目の前に動かして、

「二人目やな」

小屋から出てきた仏さんは。

藤九郎は弾かれるようにして千代蔵を見た。千代蔵は途端甘えたような目になって「一人目が見つかったのは、今から六日前のことにござりました」とこちらに上目をつかってくる。「これも平土間で横木にもたれ掛かっておりまして、耳穴には棒が突っ込まれていたようでございます。よう、と申しますのも、小屋ではこの仏を大事《おおごと》にはいたしませんで。だって耳穴に棒でございましょう？　酔っ払い同士の喧嘩でしか説明がつきません。首が折れているのも相手が力士だったに違いねえ、どんな酔い方をすりゃあ耳に棒を突っ込みたくなるんだよ、と軽く転合《てんごう》なんぞ言い交わして、戸板に仏を乗せて小屋から放っぽり出しました。下手人探しは同心に任せておきゃあいい。どこぞの飲んだくれがお縄になる。そいつに殺しの場所が小屋だと言い張られたとしても、そのお人は酔っていなすったんでしょうと返しよう、誤魔化しようもございます」

だのに、此度同じような殺し方で仏が出た。千代蔵の眉が八の字になる様は、墨を引いているからわかりやすい。

「仏を見下ろしながら、座元は考えたそうにございます。もしやこれは見立て殺しではあるまいか。下手人になにか言い分や狙いがあるのなら、それが達せられるまで小屋での殺しが続くのではあるまいか。奉行所に知られては、幕が開かれぬどころか中村一座が手鎖を受ける。ですから、慌てて魚之太夫にこうしてご依頼を」

桟敷番はここぞとばかりに魚之助の女形時代のあだ名で呼んでくる。おまけに丁寧な辞儀をして、ちらりと目だけでこちらをうかがう。

「もしお引き受けいただけるのでありましたら、このまま小屋へと足をお運びいただきたく。実は座元が直々に御礼を申し上げたいとお待ちになっておりまする」

その言葉にふと耳を澄ましてみると、部屋の虫籠窓からは朝雀の声のほか、男らの濁声《だみごえ》がやけにはっきり聞こえてきて、藤九郎は鼻を鳴らした。駕籠《かご》をすでに手配済みとは、なんとも用意のいいこって。だが、たしかにこの手の話に魚之助が食いつかぬはずがない。げんなりしながら魚之助を見やって、思わず固まった。魚之助は真っ直ぐに藤九郎を見つめている。

「どうや信天」

「どうって、なにがです」

「この話、受けるか、それとも断るか」

静かに問いかけてくる魚之助を、藤九郎はまじまじと見返してしまう。これまでの魚之助であれば、藤九郎は無論ついてくるものとして話を進め、断ろうとするとこれみよがしに足を擦《さす》って見せていたというのに、ここにきて藤九郎の意思を確かめてくるとは、ははん、なるほど。藤九郎は顎に手をやる。傲岸不遜《ごうがんふそん》で通ってきたお姫様《ひいさま》も、ちっとは藤九郎を相方として認めてきているると、そういうわけかい。唇が綻びそうになるのを引き結び、そっぽを向くように言い放つ。

「危なくなったら、俺ぁ、早々に尻尾巻いて逃げ出しますからね」

「それでええ」

ぽつりと応えた魚之助の顔は見えなかった。

死んだ男は醬油《しょうゆ》問屋、角田《すみだ》屋の手代で、名前を文次郎《ぶんじろう》といった。年は二十四。大豆の醪《もろみ》を舌で味わうよりも商人相手に舌を回す方を得手とする、なかなかの切れ者で、店内では近々番頭に取り上げる話が持ちあがっていたそうだ。生家はとうに無くなって行き処《どころ》のないその身柄を、角田屋は死穢《しえ》に構うことなく店で引き取った。旦那から小僧まで皆悲しみに沈んでいるらしい。

「そないに大事に扱われていたお人を橋の下に捨て置くやなんて、座元もえげつないことをしはるわぁ」

「捨て置くだなんてとんでもない。平土間の席じゃあ狭いだろうと、ちいと動いていただいただけなんだよ」

藤九郎らに向き合うようにして胡坐《あぐら》をかく座元は胸に手を当て心底辛《つら》そうな顔をしているが、昔は檜舞台に足を乗せていた役者上がりと聞いているから、その下がり眉は疑わしい。座元が魚之助に手渡してきた唐紙を隣から覗き込んでみれば、やっぱりだ。

「仏の死に顔に着物までなんとまあ、えろう丁寧なお仕事で」

紙面には横たわる屍体が描かれていた。屍体の下には戸板が敷かれ、どうやら客席から運び出された後に描かれたものらしい。着物の紋様どころか口からちょっぴりはみ出ている舌の色味も鮮やか。右耳たぶの黒子や鼻の穴の大きさが左右違っているところまで見落とすことなく描き込まれているのは、屍体を前にしても座元の目玉は滑らかに動いたということ。

「この人の最期の姿だと思ったら、紙に残さずにはいられなくってねぇ」

なぞとしんみり言葉を垂れる割には、一人目の仏は顔すら覚えていないと言う。二人目の仏が小屋から出たと聞き、慌てて絵紙に仏の顔形を残した。急ぎ手代を手配して、仏を親爺橋の下へ動かしその仏を見張らせた。下手人探しに乗り出した岡っ引のお尻にくっついて、仏の身元を割り出したまではよかったが、岡っ引の調べは見当違いの方角へ進んでいく。このままでは三人目の仏を拝む羽目になる。すぐさま仏の見出し人である桟敷番を魚之助のもとへと走らせれば、目論見《もくろみ》通り、戻ってきた駕籠は二挺《ちょう》ともにきちんと人が乗っている。駕籠から足を下ろし楽屋口をくぐった魚之助らを一階の座元部屋で出迎えた座元、中村勘三郎。江戸一の芝居小屋の大所帯をうまく切り盛りしてきたその手は、事件を捌《さば》くのも大層早いというわけだ。

「でも身元を割り出したんなら、そのまま数珠《じゅず》繋ぎで下手人まで手繰れそうなもんですけど」

そうぽつりと呟くと、勘三郎の顔がこちらを向くので、藤九郎は言葉を重ねる。

「いいえ、その手代の仏さん、文次郎さんと一緒に芝居を見た人がいたかどうかだけでもわかれば、するするっと事件も解けていきそうじゃないですか。その連れ立ち人が殺しを見ていた、もしかそいつが下手人だったってなこともありえます」

だが、勘三郎はむちむちと首を横に振る。

「そこまでは私たちも摑《つか》めてはいないんですよ。あんまり深追いをしすぎて仏さんとの間に繋がりができてしまっては、仏さんに歩いてもらった甲斐《かい》がなくなりますからねえ」

同心のあとをつける小屋の手代たちには、黒手拭いで頰かむり、白粉の匂いを消すため四半刻《しはんとき》は煙管を燻《くゆ》らせるよう言いつけているという。小屋と仏の間に決して糸をかけまいと、しっかりとした念の入れようだ。

「仏さんが購ったのが桟敷であれば、よかったんだけどねぇ。ほら、桟敷席は芝居茶屋を通してお取りするだろう。茶屋に聞けば、連れ立ち人ぐらいすぐにわかったさ。だが、平土間は当日客もいれるからね。余程とんちきな客がいない限り、桟敷番もそこまで目を届かしておく暇はないよ」

「文次郎の連れ立ち人はおったはずでっせ」

藤九郎は魚之助を見た。涼やかに声を差し込んできたくせに、この元女形ときたらゆっくり茶碗《ちゃわん》を持ち上げて茶を口に含むのだから、少しばかりむっとする。

「どうしてわかるんです」

挑むようにして言えば、魚之助はこちらにちらりと目を遣って、

「着物の柄行《がらゆき》や」

鶴首《つるくび》のごとくしなやかな指が絵紙を弾く。

「文次郎は芝居に関わる柄行を一つたりとも身につけとらん」

藤九郎は畳の上に目を落とす。絵紙の中の男が身に纏《まと》っているのは、紺鼠小袖に玉子色の角帯で、たしかに目を引くようなものではないけれど、

「店の手代なら仕方がないんじゃないですか。仕事が忙しくって、着替える暇がなかっただとか」

「二十四の若さで番頭への取り上げ話の出るお人が、帯から垂らす根付の一つ、手拭いの一枚でも懐に忍ばせられん野暮天なわけがない。小屋に来る客には色々おるが、小屋の中で無一紋々のお客には今までお目にかかったことがあらへんわ」

魚之助の言うその色々とやらが、今の藤九郎にはぴんとくる。

頭の内で開かれる滑稽《こっけい》本の題は『客者評判記《かくしやひようばんき》』。書いたお人は式亭三馬《しきていさんば》。同じ作者でも『浮世風呂《うきよぶろ》』なる滑稽本の方が巷で人気ではあるが、藤九郎の頭の中じゃあ、芝居小屋に来る客を上やら上上吉《じようじようきち》やらと評したこちらの本の方が手垢《てあか》に塗《まみ》れていたりする。

極上上吉《ごくじようじようきち》とされる「贔屓之常連《ひいきのじようれん》」などは贔屓役者に金糸《きんし》で縫った衣裳を贈り、小屋前に並べる贈り物の酒樽《さかだる》はどの役者よりも高く積み上げてと、贔屓役者に金子をかけることを厭《いと》わないから、芝居見物には必ず一張羅を拵えてくるはずだ。演目ごとに良し悪しの区別をつけず、いつでも己の贔屓する小屋を持て囃《はや》すのが「座贔屓《ざびいき》」だ。この客らは玄人気取りが多いから、でかでかと小屋の紋を入れてくる。その贔屓の仕方は見場が悪いと、上上のあとに続く吉の文字は白抜きにされている。同じく白抜き上上吉の「身振好《みぶりずき》」は贔屓役者の物真似をするお客で、身につける着物は糸の色まで役者の衣裳に似せてくる。

「筋立てが好きな筋贔屓は、芝居に出てくる小物なんかを染め付けてくるものですからね。芝居に関わる柄行を一つも入れずに芝居を見に来るのは、たしかにおかしい……」

言い切りそうになって、ちょっと待て。藤九郎はふと、頭の内で本を捲《めく》っていた指を止めた。

今のは少々決めつけが過ぎていやしなかったか。

一旦本を閉じてみれば、紋を入れる金がなかった、好きな着物に無理やり芝居紋を入れたくなかった、などと紋無しの理由はぷつりぷつりと頭に浮かんできたが、

「文次郎は芝居に興味がなかったんや」と言う魚之助の口振りは強い。

「そんなお人が一人で芝居を見たとは思われへん。誰かと連れ立って小屋に来たと考えるんが筋とちゃいますか」

「それなら、太夫。その連れ立ち人とやらが滅法怪しいじゃないか」

勘三郎は勢いづいたように膝を叩いて、魚之助はくすんと笑う。

「まあ連れ立ち人がおったにしてもおらんにしても、芝居に興味があらへんのに中村座の客席におったその理由は、知っておきたいところだすなぁ」

言いながら、白い指を絵面に滑らせて、つと止まったのは角田屋との文字の上。手代の死を悲しんでいる角田屋の面々には申し訳なく思うが、でもやっぱりこのお人らに話を聞くのが一番手っ取り早そうだ。藤九郎が黙って背中を魚之助に向けたそのとき、「そうだ、魚之太夫」とやけに明るい声が投げかけられる。

「角田屋へと行く前に、三階の楽屋にお顔を出されてはいかがだい？」

いいえ、ね、役者らが舞台《いた》の上から見たものの中に、何か事件を解くための糸口が隠されているといったこともありましょうから。勘三郎はもっともらしいことを言い足してきたが、藤九郎はこの男の腹の中に大きな算盤《そろばん》が横たわっているのを知っている。

「そうですね。小屋の中を弄《いじ》くり回すことになるかもしれんさかい、挨拶《あいさつ》ぐらいはさせていただきましょ」

魚之助がさらりと頷き、勘三郎は嬉《うれ》しそうに腹を揺する。藤九郎はたしかに算盤珠の弾かれる音を聞いた。

中村座の座元は事あるごとに魚之助を小屋へと呼びつけて、小屋内のあちらこちらに顔を出させる。鬘《かつら》は前よりも毛艶が良くなったろう、道具も新しい思案のものがいくつも増えたんだ……おっとすまない太夫。小屋外のお人には見せてはいけないとそういう決まりになっていてね。そうやって魚之助の心内に細波《さざなみ》を立て、人魚役者の切れた尾びれを無理やり動かしてこようとするその魂胆が気に食わねえ。藤九郎は魚之助に手鏡を渡してやりながら、眉間に皺を拵える。どうしてそうも急《せ》かしてくるのだ。魚之助だって金輪際檜舞台に立たないと言っているわけではない。ご挨拶前にと魚之助が紅を塗り直すのを隣でにこにこと見ていられるくらいなら、舞台に戻りたいとその一言があるまで待ってやればいいものを。

一寸ばかり荒々しく藤九郎が魚之助を背負うと、勘三郎は先に役者衆へ伝えておこうと腰を上げた。襖に手をかけ、こちらをわずかに振り返る。

「此度のことはお引き受けくだすって、まことに良かった。実は仏を絵に残したのは、こいつは魚之太夫に頼むことになるだろうと薄々思っていたところがありましてね。だって、この死に様でしょう。よもや、ということもございますから」

勘三郎は部屋を出ていくが、その、よもやが引っかかった。藤九郎は立ち止まる。己の背中に向かって、「魚之助」と自然、呼びかける。

「文次郎さんの死に因は、首の骨が折られていたからでしたよね」

「ええ、せやね」

魚之助の軽やかな声が耳元で聞こえる。

「そもそも首の骨を折るなんて業、人間にできるんですか」

思わず潜めてしまった声を、魚之助はんふふ、と笑う。

「人間にでけへんかったら、なにが下手人言うのん」

仏を運んだ芝居者たちは酔っ払った力士だと推量していた。くわえて腕っ節のある大工や火消しなんかも下手人候補に付け足すことができるだろう。

ただし、その下に魚之助、藤九郎、そして座元だけが書き添えられる名前がある。

三人だけが、この世にそれがいることを知っている。

「座元はその存在も勘定に入れて、あたしらに此度の事件を解くよう頼んできたんやろ」

座元は言った。よもや、ということもございますから。

正しく言えば、
よもや、妖怪に殺されたということもございますから。

「じゃあ、見立てはどう説明をつけるんです。妖怪《ようかい》が人を殺すのは喰うためでしょう。俺たちが魚を食べるのと同じで、命を繋ぐためだ。妖怪が人を殺すのに、飯以外の理由があっちゃあいけねえはずだ」

「あら、ご自慢のその鷲っ鼻はそんなに高くていらっしゃったやろか。まるで天狗のようやおまへんか」

魚之助は藤九郎の鼻っ面を指で押し込み、

「阿呆《あほ》んだら。鬼一匹暴いただけで妖怪丸ごとわかった気になるんやない」

そうだ、あれは己の埒外《らちがい》にあるものだ。道理がはなから違っている生きものだ。藤九郎の背中を何かがぞろりと走る。猫の尻を追っかけここまでほいほいと付いてきてしまったが、一旦立ち止まって考えてみれば、己はとんでもないものを相手取ろうとしているのではないか。

首に回された腕は、藤九郎の冷や汗のせいなのかやけに肌に吸い付いてきて、喉仏をきゅうっと絞めてくる。

「さあて、此度の事件の下手人は人間やろか、それとも妖怪やろか」

人を殺してしまえる化け者か、それとも、人を喰ってしまう化け物か。

「さあ、藤九郎。化けもん暴きの幕が開くで」

魚之助がそうやってねっとり耳たぶに擦り付けるようにして脅しつけてくるものだから、藤九郎の肝はすっかり縮み上がった。廊下を一歩進むごとに目玉を右へ左へやって、段梯子《ばしご》を上って三階、目の前の楽屋の中には此度の芝居で主立つお役者衆が勢揃いしていると聞く。

もしや妖怪が紛れているってことはあるめえな。

藤九郎が耳穴にぐっと力を込めたとき、暖簾越しに聞こえてきたのはずずずうと何やらを啜《すす》る間抜けな音だ。これには拍子が抜けて、背中の魚之助に尻を蹴《け》られるままに長暖簾をくぐってみれば、

楽屋内ではお役者衆がみんなして、ずずずうと手元の蕎麦《そば》を啜っていた。

思いも寄らぬ景色にぽかりと口が開いたが、藤九郎は慌てて魚之助を背から下ろして、その場で手をつく。焼物の器を片手に箸《はし》を携えてはいるが、その五人ともが江戸一と名高い芝居小屋で芯を張るお歴々。藤九郎の近くで胡座をかいている白鬢交じりの男が口端の蕎麦汁を拭ったその懐紙も、見世棚に並べれば値がつくはずだ。そんなお人らの飯時に、藤九郎たちは暖簾に額を打ち付け突っ込んだ。いくら座元が先回りをしてくれていたとて無礼には違いない。藤九郎は勢いよく頭をさげる。が、

「ちょいと座元、こんなに早くお越しになるとは聞いておりませんよ」

柔らかな声に顔を上げると、鬢と同じく白交じりの立派な眉毛が目の前で八の字を描い

ている。

「そうだよ。俺だって羽織ぐらいは羽織って出迎えようと思っていたのに、こんな楽屋浴衣《ゆかた》じゃ腹が出ているのが丸わかりじゃあないか」

手炙《てあぶ》り火鉢の傍を陣取る役者は己の腹をぽんと打つ。少しも弾まぬその腹はきっしり貫禄が詰まっているのがよくわかる。だが、片手で持ち上げている器の中には、沢庵の刻みが山盛りになっていて、藤九郎の口端はふっと緩んだ。

「飯時に訪ねちまって相すみません」と改めて額を畳に近づけると、

「いいや、謝るのはこちらの方さ」との返しが皮切りになった。

「お二人が楽屋に来るまでにはまだ時間がありましょう、そう急いて椀《わん》を空にする必要はないと座元がおっしゃったもんだからさ。座元ったら本当にお人が悪い」

「そこは足が冷えねえかい、半畳でも使うかい」

「茶を出しておやりよ。火にかけたばかりの鉄瓶があっただろう」

「それで、楽屋に御用というのは件《くだん》の客殺しのことでございましょうか、それとも芝居のお話でしょうか。もしやあたしの舞台をご覧にならしゃって、ご指南をいただけるとか」

「待ちねえ。わしらはまだ手前の名前さえも伝えていないじゃないか」

立役《たちやく》も女形も交じり合い、年もまばらな役者らまとめて和気藹々《あいあい》だ。手渡された湯呑みも温かく、背中の強張りも解けていく。

中村座の看板役者でありながら、百両、千両のその看板で押さえつけてくることなく、見せびらかしもしてこない、なんてえ出来たお人らだろう。

「白魚屋さんにもとんだご無礼を」

藤九郎の隣で黙ったままの魚之助にも、こうして水を向けてくれるお優しさ。

「無礼やなんてそないなこと」

魚之助の返す声も柔らかで、藤九郎はなんだか嬉しくなった。顔を傾け、魚之助の顔をうかがい見れば、
ああ、こいつぁまずい。

咄嗟《とっさ》に魚之助の袂をひいたが、役者衆に対面して座している体はぴくりとも動かない。腰の芯がしっかり床に乗っている。先ほどは藤九郎の背中であれほどだらけ切っていたというのに、この男、芝居が絡むと元の女形の質《たち》がすぐに顔を出す。

「そんで、此度の舞台、どなたがとちりはったんやろか」

楽屋の様子は、どうやら元女形の癇《かん》に障ったようだ。

「皆様、えらい楽しそうに蕎麦をたぐってはるんやもの。芝居が当たったご褒美かしら、当たり振る舞いなんやろかと思いましたが、床のそれは蕎麦札でっしゃろ？　まさかとちり蕎麦とはねえ」

楽屋の板間に数枚散らばっている木札に、魚之助は目をやっている。

「とちり蕎麦？」

思わず藤九郎が言葉をなぞると、薄色の目玉はちろりとこちらを向く。

「舞台の上で台詞をとちったか、出番に遅れよったか、なんにせよ舞台で粗相をした役者が、申し訳があらへんかったと小屋の皆に蕎麦を奢《おご》る慣いのことや。蕎麦札を配って好きなときに食べに行ってもろたらええものを、皆で一緒になって食べてはるなんて、とちったお人は余程肝が大きいとお見受けいたします。そのお肝、是非にお目にかかりたい」

丁寧な口振りだが、その表にも裏にも嫌味が塗りたくられている。藤九郎でも歯を軋らせたくなるような言い草だというのに、楽屋の役者衆は誰一人として口を開かない。

白魚屋魚之助は、それほどまでにすごい立女形《たておやま》であったらしい。

「幸右衛門《こうえもん》様」

魚之助の呼びかけに、白交じりの眉毛がかすかに動く。

「敵役の仕内《しうち》は上上だが大詰めになると立ち回りが雑把で、締まらない。評判記でそうこき下ろされておきながら、蕎麦は器に葱《ねぎ》の一つも残さんと最後まで綺麗な食べ干し様や。芝居と食事で気合いの入れ方が違っていらっしゃる。そんなら、此度とちった肝の大きい御仁は、あなた様でござりましょうか」

藤九郎は魚之助の部屋内を思い出す。部屋の真ん中に広がっている着物の海の周りには、いつだって本やら紙やらが飛び石の如くに散らばっている。それらは日によってくしゃくしゃに丸められていたり、破かれていたりもするけれど、決して無くなることはない。

「左源次《さげんじ》様のお蕎麦は、沢庵がようけ載せられておりますな」

魚之助は邪魔そうに役者の大きい腹を一瞥《いちべつ》してから、役者の手にある器の中を覗き込む。

「此度は客入りを見込んで舞台に羅漢台を設《しつら》えたんとちゃいましたっけ。あすこに客が入ったら、客との距離は近うなる。せやのに、そんな匂いの残る食べ物を堂々口にしていらっしゃるんやもの。己の息に気遣いがいかぬほど肝の大きいとちり役者は、あなた様でござりましょうか」

幸右衛門と左源次は何も言わずに器を畳の上へ置いた。器の底が畳の目をごりりと削る。なのに、魚之助はその後も名前をあげて、あなたでございましょう、あなたでございましょう、とやっている。

台無しだ。藤九郎は心の裡《うち》で細く長くため息を吐く。あれほど温みのあった楽屋の中は今や、冷や水を打たれたように静まり返り、苛立《いらだ》ちや白けがそこかしこで燻《くすぶ》っている。藤九郎は魚之助を睨めつける。

どうして芝居のこととなると、こうも言葉も態度も過ぎてしまうのか。そうやって芝居の知識で皆の頭を押さえつけて回らずとも、魚之助が極上上吉の女形であったことは誰もが認めるところであろうのに。思い返せば、近頃は魚之助のそんな姿をよく目にする気がして、藤九郎は少し首を傾げたが、その間にも元女形は言葉を重ねている。

「芝居はとちり、客入りは市村座に負けておきながら、楽屋で仲良く蕎麦を啜れる皆様方の気がしれまへん。中村座が今月舞台にかけてる忠臣蔵いうたら芝居の独参湯《どくじんとう》。万病に効く薬のごとし当たって当たり前の演目でっせ。演目に胡座をかきはって、よもや己の小屋の鼠木戸をくぐる客だけ数えて、満足しているなんてことはありまへんよなあ」

これ以上はいけねえと藤九郎は首を伸ばして楽屋内を探るが、見つけた座元は役者たちから離れたところでちょんと座り、顔には笑みを浮かべている。

ははん、と藤九郎は口端を歪《ゆが》める。ははん、なるほど、気に食わねえ。このいざこざは、魚之助の尾をどうにかして動かしたい座元の目論見通りというわけだ。それなら俺がと腰を上げかけたところで、

「あたしでござんす」

するりと男の声が差し込まれた。大柄な役者同士の間から、これまたするりと出てきた男の姿に魚之助は片眉を上げる。評判記集めが道楽の元女形をもってしても、名前を知らぬ役者らしい。男は魚之助の正面に座して、そのまま頭を下げる。

「あたしが本日の芝居でとちった役者でございます」

ここで合いの手よろしく、座元が阿近《あこん》さんです、と紹介してくるのはやっぱり気に食わないが、名前を呼ばれた男は律儀に座元へ目で礼をする。性根の良いお人のようだ。

「あたしの捨て台詞が此度のとちりの種でございました。今日は朝から舌がよく回る日で、あたしは調子に乗っちまった。三段目の名題《なだい》役者さんに悪態をつく場で、芝居の筋書きにない台詞を勝手にこさえちまったんです。ですが、相中《あいちゅう》ごときが色気を出すもんじゃありませんね。そこで芝居の空気がぷっつり途切れてしまった。すぐさま皆々様が繕って下すったおかげで芝居は進みましたが、とんだご迷惑をおかけした形になって、あたしは至極反省したのでございます。そこでここにいる役者衆を無理くりにお引き止めして、とちり

蕎麦を申し出た次第」

魚之助は目の前の役者の、阿近の顔を見る。藤九郎もつられてまじまじと見る。まじまじと見なければ頭に残らぬ顔だった。切れ上がった一皮目に尖った顎先、細く通った鼻筋も、目を離したそばからその輪郭がじんわり滲《にじ》んでいく。

「いや、わしが悪かったのだ」と割って入ってきた幸右衛門へと、体ごと向かれてしまってはもう、たぶん狐に似ていたと、それくらいしか思い出せぬようになっている。代わりに幸右衛門の情けない顔がはっきりと目に映る。

「悪態場でわしの頭からすとんと台詞が抜け落ちた。それに気づいて阿近さんは捨て台詞をこさえて、芝居を繋いでくれたのだ。だが、舞台終わりにお前さんが蕎麦振る舞いをすると聞いて、わしは何も言わずに蕎麦を食った。五十を超えた爺《じじ》いが小っ恥ずかしいことだがね、お前さんの気遣いに甘えたんだよ」

すると、阿近は、へえと素っ頓狂な声を出した。

「そうでございましたか。こいつは驚き……いえね、あたしは幸右衛門さんの台詞が抜け落ちたなど、ちいとも気づいちゃおりませんでしたから」

「なんだい、この爺いをまだ甘やかしてくれるおつもりかい」

「そりゃあたしの手本役者、幸右衛門様のお望みとあれば、蕎麦のもう一杯や二杯」

「やめておくんな。これ以上、白魚屋さんに怒られるのは勘弁だ」

幸右衛門は月代を人差し指で掻き、ふふ、あははと優し気な笑い声が楽屋内のあちこちで湧き起こる。藤九郎はほうと安堵《あんど》の息を吐いたが、隣から聞こえたほう、は明らかに嘲《あざけ》りが混じっている。

「ええことですなあ、みんなでわいわい楽しそうで」

魚之助は白けきった様子だが、これに左源次は膝を回して、

「いや、白魚屋、俺たちはあんたの言葉を軽んじているわけじゃない。胸にはぐさりと刺さっているさ」

魚之助に正面から向き直る。

「あんたの目からじゃあ、たしかに怠けているように見えたのかもしれねえが、俺ぁ、みんなで蕎麦をたぐる時間が無駄だったとは思えねえ。この年齢になってようよう気付いた。芝居ってのは、我が我がと舞台に並んでいるお人らを押し退けて己一人が受けようと、狐《こ》自当《じあ》てるんではいいものになりゃしねえ。芝居は皆でつくっていくもんなのさ」

落ち着き払った左源次の言葉は、藤九郎の心に染み入った。膝の上で両拳を握り込み、力強くうんうん頷く。魚之助はじいっと左源次を見据えていたかと思うと「ええお心持ちだすなぁ」にこりと笑いかける。

「せやけどあないに市村座に客をもっていかれてしまっては、頭に来るものもございましょう」

「あれも一人の女形が我が我がと前に出て、その人気にあやかっているだけのお話さ。あいうやり方は長くは続かねえ。市村座は今に萎《しな》びていきやがるぜ」

魚之助は未《いま》だ笑みを貼り付けちゃいるが、口横の二連の黒子はぴくりぴくりと震えている。おかんむりの相方に藤九郎が声をかけようとしたところで、

「でも、滅法素敵な女形なのでございます！」

突然上がった甲高い声に振り向けば、女子の格好をした若い役者が一人、床に両手を押し付け前のめり、こちらに首を伸ばしている。

「今年の顔見世で市村座の座組にいきなり名前が書き添えられた、ぽっと出役者。これまで誰の口の端にも、どの評判記にものせられた様子のない女形にございます。身分は相中とのことですから、これから端役を重ね、一段一段、位の階段を登っていくのでございましょう。そう思って舞台を見ると、とんでもなく芝居がいい」

「へえ」とあからさまに気の抜けた返しでも、それが魚之助の口から漏れたとあって、若女形の顔は一瞬の内に赤くなる。繋がった会話の糸口を離すまいと、慌てたように言い募る。

「ですから、此度の初春狂言での、立女形の役どころへのお引き立ては、腹落ちするところでありました。一段一段階段を踏みしめていく時間が勿体《もったい》ない。いきなり女形の天辺《てっぺん》の位までふわりと浮かんでお飛びになったのは、まさに屋号の通りで――」

「幾つのお人や」

魚之助に問われて、「十八と聞いております！」と応えた声は裏返っていた。

ふうん、と魚之助は己の首に手を当てた。若女形はなおも首筋を曝《さら》け出して前のめる。

「もちろん白魚屋さんには到底かないやしませんがね、あのお人の踊りはまわりの空気に

色と匂いをつけていくといいますか、鱗粉《りんぷん》を振り撒《ま》いているといいますか」

「まあ、男の前でそうやって飯を食うことのできる女形よりはいいやろねえ」

魚之助が落とした目線の先には、どの役者よりも大きい器が鎮座している。たちまち若女形の体は萎《しお》れるが、ここでも阿近はお上手で「ああ、そんな殺生な」と鼻にかかった声を出す。

「駒瀬《こませ》さんは白魚屋さんに会えると聞いて飛び上がって喜んでいらっしゃったってのに、あまりのお仕打ち」

「やだやだ、どうしてばらすのさ、阿近さん」

真っ赤になった指先がついついとお喋り役者の袂を引く様子は、雛鳥が親の羽毛をついばむ如くの健気さで、楽屋内の空気はほどけ切る。

「市村座の女形ってのはそれほどいいのかい」「悪態の舌捌きが甘いらしいよ」「俺が股《また》くぐりをやったときゃあなあ」「頭に乗せるうどんはやっぱり福山《ふくやま》さんのだろう」と芝居談義が始まって、こうなると藤九郎の出る幕はなくなる。魚之助を見やるが案の定、目が合うことがないのがちょっぴり悔しい。藤九郎の頭の中にある芝居簞笥の抽斗を全て開けたって、あの輪の中には加われない。藤九郎は黙って楽屋の入り口まで尻で退った。廊下の方へと視線を向ける。楽屋暖簾の向こうでは沢山の足が忙しなく動いている。と、一対の足がつまずいた。その足元に何かがてんてんと転がり——。

「羽根の色が違います」

気づけば、藤九郎は廊下に飛び出していた。それを拾い上げ、落とし主にそう声をかけていた。

「え？」と廊下の途中で男が振り返る。男の腕の中にあるものを目にすれば、やっぱり口に出さずにはいられない。

「あんたの抱えているその布張り人形、いすかでしょう？　だったらもっと黒味を足さねえと。それに毛艶も足りてねえ。いすかは松の実が好物で、そいつを喰った嘴で毛繕うから羽根に松脂《やに》が残るんだ。体の赤みは抑えねえとなきいすかに間違えられますぜ。嘴は良い曲がり振り。俺なら下嘴をもうちっと太くいたしやすがね」

そこまで喋り立ててようやっと我に返った。ああ、いけねえ。眉間に拳をごつりと当てる。楽屋の空気をぶち壊した魚之助にしかめ面を作っていたくせに、鳥とあっては、己もこうして誰彼構わず吝をつけている。これではお高く止まったあの飼い猫を詰《なじ》ることなんてできやしない。

どうやら己もいつの間にやら、魚之助に似てきていたらしい。

まあ、これだけ一緒にいりゃあなと自然、口端が上がってくるのを慌てて唇で巻き込んだ。目の前の男は、藤九郎の勝手気儘《きまま》な物言いに気を悪くしたに違いない。

「す、すいやせん。なんの考えもなしに言いたい放題言っちまって」

「いや、ありがてえ！」

返された言葉に藤九郎は目をぱちくりとさせる。そのぱちくりの間にも、男は人形を脇に置き、廊下に這《は》いつくばって唐紙に何やらを書きつけていく。

「恥ずかしながら、いすかは絵図を見たのみで。ですから、意見をいただけるのはとんでもなくありがたい。私だって出来ることなら目一杯時間を注ぎ込んで人形を作りたいですよ。でも、それでは舞台に間に合わぬ、三日三晩で作り上げてくれとの狂言作者さんの言い付けで」

不満を垂れながらも筆を動かし続ける男の指は、切り傷や刺し傷が所狭しとついている。

「舞台に使う人形をあんたが作っているんですか？」

問いかけると、男は顔を上げた。よく見れば、目元や鼻筋あたりに水でさっと晒《さら》したような爽《さわ》やかさのある細工のいいお顔立ち。だが、藤九郎は顔よりも指の方がこの男を語っているような気がした。

「こいつは挨拶が遅れちまいました」男は筆を止め、その場ですっくと立ち上がる。

「中村座の小道具方を相勤めております。名前を新吾《しんご》と申します」

傷だらけの指が、腹の細帯をきっちり締め上げた。

藤九郎が芝居小屋で関わる相手はそのもっぱらが役者衆だ。おかげで、藤九郎が己の抽斗に仕舞っている小道具方なる生業《なりわい》の説明書きは、舞台に出てくる小物を拵える裏方のお人ら、ぐらいのもの。これは箪笥を肥やすいい機会だと、藤九郎も頭の中で筆を持つ。

「小道具方ってのはこういう人形もおつくりになるんですね」

すると、新吾と名乗った男はこほん、とわかりやすく一つ空咳をする。

「屏風《びょうぶ》、盃《さかずき》、刀に煙草盆。舞台の上に置かれるものは私らがなんでも用意いたしやす。草履や下駄の履き物、大立ち回りで折れる木の枝の壊れ物、板が裏返って幽霊が出てくる仕掛け物。ただし、舞台で口に入れる消え物は気をつけなければなりやせん。役者によって、偽の張り子か、本物の品か、どちらを用意すべきか見極めなきゃならない」

ほら、三代目の三津五郎《みつごろう》さんも張り子か本物かで云々あったじゃありませんか。そうやって声をひそめる理由も、藤九郎にはてんでわからない。苦笑いで誤魔化そうとすると、新吾はきょとんとしてから微笑んだ。失礼をいたしやしたと前置いてから、三津五郎さんのやった舞台に張り子の茶碗を指でぴんと弾く芝居がありまして、と続ける。

その芝居がとんでもなく良いときた。だからこそ、張り子を使うんでは惜しいとある日、一人の作者見習いが瀬戸物茶碗にすり替えた。すると芝居終わりに三津五郎からのお呼び出しだ。お褒めの言葉かとうきうき楽屋に参上してみれば、茶碗を変えたのは手前だね、と来て、脳天から罵声《ばせい》を浴びる。

「張り子の茶碗を瀬戸物に見せるところが役者の腕ってもんだろう。ようやく瀬戸物の如くに見せられる芸を手に入れたってのに、てめえ余計なお世話をしてくれた、とそういうわけで。これは消え物にも言えるお話だ。消え物も似せ物を用意するか、本物を用意するかは、役者の思案に依《よ》るんです」

なるほど、と藤九郎は小さく頷いた。小物一つとっても役者はそれに己なりの芝居を詰め込んでくるらしい。それなら、役者の思案をうまく汲《く》み取らねばならぬ裏方は思った以上に大変な生業だ。

「生き物は消え物と似ております。生きている物をどう表せばよいものか。本物に寄せるか、それとも役者の仕内ありきで作ったものか。ここら辺は私どもの頭の悩ませどころ」

竹で編んだ胴体に唐紙を貼り付け張子にするか、衣裳に毛を貼り付けた毛ぐるみにするか、狂言作者を真ん中に座元や名題役者が頭をつっつき合わせて思案する。

「芝居に出てくる生き物は少なくありません。馬、牛、猪、狸に猿。中でも鳥は大きな役目を担わされていることが多い。だからこそ、鳥を作る時には芝居にうまく馴染むよう、本物をこの目で見てから作り込みたいんです。ただ、そう簡単にはお目にかかれぬ鳥もおりまして」

藤九郎は頭の中で動かしていた筆をはたと止めた。

「それなら俺の店に来りゃあいいですよ」

打って返すように言ってやれば、新吾は小首を傾げてくる。一寸ばかり考えて、挨拶がまだであったことを思い出す。

「こいつは失礼を。江戸が通油町で鳥屋百千鳥を営んでおります、名前を藤九郎と申します」

鳥に啄まれて傷だらけの指できゅっと帯を締め上げると、「ははあ、道理で鳥についてお詳しい」と新吾は顔を綻ばせた。

こうなるともう、打ち解け合うのに二言も三言もいらず、気付けばどちらからともなく次に会う算段をつけていた。魚之助の呼ぶ声で藤九郎が楽屋へと戻るときには、すでに鳥屋と道具方の工房の地図をお互い交換し終えていた。

楽屋暖簾を上げるなり、

「この阿呆鳥、どこで油を売っとった」

苛立つ声をぶつけてくる魚之助は一人、楽屋の鏡台の前で白粉を首筋に塗りこんでいる。すぐ傍に尻を落ち着け、はて、と藤九郎は部屋内をぐるりと見回す。

「役者さん方は」

「稽古に追いやったったわ。私が言い出さんと、そのままべしゃり込みそうなぐうたら兵《べ》衛《え》ばっかりやったからな」

そんで、と鏡越しに睨まれるが、こちとら鼻の下を一寸擦って、ふふんの心持ちだ。

「いえ、ね。そこでお会いした小道具方の職人さんと滅法、話が合いまして、今の今まで話し込んでいたんです。どうやら俺も芝居者の心構えってやつが身についてきたようで」

白粉を塗り込んでいた指先が、喉仏の上でぴたりと止まった。座布団の上で膝を回し、正面を向いた魚之助の目は怒りで膨らんでいた。

しょうもない真似をしくさんな。

低い声で吐き捨てる。

「あたしらはここに客殺しを解決するために来てるのや。乳繰り合うお友だちをつくりに来てるんとちゃいまっせ。これからも仲良し小好《よ》しをやろうとすんのやったら、二度と小屋の木戸をくぐらせへんで」

藤九郎はむっとした。

己を足に使うため芝居小屋まで連れてきておきながら、なんてえ言い草。

「そういう魚之助はどうなんです。俺らが乳繰りあっている間に、きちんと事件のために動いていたってんですか」

「当たり前やろ。あたしがなんであんなしょんもない楽屋内の芝居談義なんぞに加わったと思っとんねん。役者らに客席の様子を聞くためやろが」

しゃらりとそう返されて、思わず両膝をぴちりと合わせた。ああ、一人浮かれていた己が小っ恥ずかしい。項垂《うなだ》れると、魚之助は鼻を鳴らして、まあ、目新しい話はおまへんわ、と言う。

「お人形の桟敷番が言うたのと同じ。舞台から見ていて、客席には別条《べっちょ》おかしなところはあらへんかったと。せやから、次の日座元から仏が出たと耳打ちされたときは、そりゃもう魂消《たまげ》たらしい」

どの役者に聞いても同じようなことを答えたと言うが、藤九郎は目を細めて腕を組む。

「お役者衆が嘘を吐いているってえことはないですか」

これだけ芝居小屋に出入りしていれば、気づきもする。役者という生き物は、出鱈目《でたらめ》嘘はったりはなんでもござれの口八丁。こちらだって少々疑り深くもなってくる。しかし、これまた魚之助はしゃらりと返す。「吐いてたら吐いてたでええのんや」

「どういうことです？」

「役者の語る言葉に意味なんぞあらへん。役者らが舌の上に乗せた言葉を、誠か嘘か選《え》り分けとったらすぐに日がくれまっせ。せやから、あたしは事件のことを聞いて、語る役者のお顔と仕草を具《つぶ》さに見たった。此度の事件に何かしら関わっているんなら、必ず顔色身振りに表れる。腹に抱えたもんがあるんかないんか、それさえわかったらよかったんや」

「え、わかったんですか！」

「やから、目新しい話はなかったて言うとるやろ、このすかたん」

役者らの腹の中には蕎麦しか詰まっていなかったということか。

「しかし、あの阿近とかいう役者、あいつは客席をよう見とるな」

いきなり上がった名前に、魚之助の顔をまじと見る。

「客席の景色の説明が飛び抜けて細かかったわ。そら、捨て台詞もうまいはずや。その日の客の反応で咄嗟に芝居を変えられる役者ってのは、大事にされる。阿近はそこんところをようわかったある」

己が一等でなければ気の済まないこの女形が、他の役者を褒めるのは珍しい。魚之助の顔をまじまじと見ると、

「なんやのん」扇子で顔を隠されて、藤九郎は言い募る。

「いや、俺にはどうも、あの人が目蓋《まぶた》の裏に残ってくるようなお人には見えなかったからさ。魚之助が褒めるのに驚いちまって」

言いながら男の姿を思い返してみるものの、やっぱり顔も声もその仕草も何かにたとえたくなるような逸品ではなかった気がする。

「こん様は化けの皮を被《かぶ》っとるからな」

「こん様？　どなたです？」

「阿近や。近をとってこん様。こんこん、狐のお顔に似ているお狐役者。贔屓がつけたあだ名なんやと。あれはおもろい役者やで。評判記で追ってなかったのが悔やまれる」

藤九郎はふと気づく。顔表は未だ扇子で隠されちゃいるが、鏡に映る魚之助の耳たぶはほんのり赤らんでいる。

「化けの皮ってのは」

「多分あいつは手前が三下《さんした》役者であるように振る舞っとる。指先をぴんと張れるところを一寸だけ力を抜いて、腹から声を出せるところをいくつかの台詞は喉を鳴らして横着をして。化粧もそうや。わざと顔形に目が定まらんような塗り方をしとる」

捲《まく》し立てるせいで扇子が少し横にずれ、見えた魚之助の口端は上がっている。

「どうして阿近さんはそんなことをするんです」

「知るかいな。知らんけども、あいつは本の気を出さんでもやっていけると踏んだんやろ。あいつの芸の品に見合うような役者が、ここにはおらんっちゅうこっちゃ」

あたしなら。

そう聞こえた気がした。だが、畳に滴ったはずのその言葉を探す間もなく、魚之助に背中を強請《ねだ》られ、藤九郎は体を回して膝をつく。

魚之助が着物をはためかせる音は、魚の尾が跳ねる音に似ている気がした。


次の日、殺された文次郎が働いていた醬油《しょうゆ》問屋へ向かう途中のことだ。あら、虫が騒いではるわ、と突然、背中でわめき出したと思ったら、腹に短い足を回されて、ほら、お前の腹の虫が動いとる、こりゃ一旦腹拵《いったんはらごしら》えをせなあかへんわ、と続けてきた。ため息を吐きつつ、後ろから言われるがままに通りを進むと、辿《たど》り着いた店は中村座からほど近い。店横に出されている立札には、蕎麦《そば》、うどんと墨書きがされている。店暖簾《のれん》に染め抜かれた福山との店名は、昨日、楽屋に置かれていたいくつもの器の側面に見たものだ。

なんでも江戸の芝居小屋がとちり蕎麦を頼む蕎麦屋は決まっているらしい。中でもこの福山は、芝居の演目にそこで働くお店者役《たなもの》が出てくるぐらいに江戸三座の御用達《ごようたし》。

「その演目なら、今、市村座でかかっとるで。舞台に店の名前を使《つこ》うたお店者役が出てくるどころか、ほんまもんのうどんを使うさかい、毎日決まった時間に小屋にうどんを届けるんは大変ですねえ」

ねえ、旦那《だんな》。

店内の卓の一つに下ろしてやった魚之助は、店奥に向かって軽く声をかけている。蕎麦を細かく切って出せというお前の注文の方が大変だったさ、と笑う店主に、ところで此度《こたび》の中村座ですけれど、と言葉を重ねる魚之助の目は底光りしている。今日までに何度とちり蕎麦を頼んだんでっしゃろ、ちょいと教えてくれまへんか、と問いかける、これが福山での腹拵えの目的だったようだ。

藤九郎は店内を見回した。客がまばらなのは、昼時をとっくの昔に過ぎているからだ。もちろん、藤九郎も魚之助を迎えに行く前に昼餉《ひるげ》を済ましているし、魚之助もそれくらい心得ているはずだろう。なのに、腹の虫が鳴いてるなどとつまらない転合《てんごう》までついて、とちりの数を数えにきただなんて、
小屋内のことが気になって仕方がねえって感じだな。

藤九郎は魚之助の対面に座して考える。

役者らとこうまで面と向かって関われば、魚之助の芝居心に火がついてしまうのも無理はない。だが、その燃え盛る勢いに任せて舞台に立つことが、魚之助にとって良い筋道なのだろうか。手前勝手な座元の思惑に乗せられてはいやしまいか——。

「そうほいほいと乗せられるわけがあらへんやろ、あほんだら」

見れば、魚之助は店主の持ってきた器を二つ受け取りながら、呆《あき》れた顔を向けている。

「とちりの数を数えにきたんは別条《べっちょ》深い意味はない。昨日の今日でまさかまたぞろ、とちってへんやろなと確かめにきただけや。自分の進退をどうこう考えているわけやあらへん。あたしはあんたのおかげで好きに生きると決めたんやから」

ずるると音を立てて蕎麦を啜《すす》るのは少しばかりわざとらしかったが、

「ならいいんです」と藤九郎も竹筒から箸《はし》を取った。

これでようやく客殺しに駒が進む。藤九郎は勇んで桟敷《さじき》番や座元の話を思い出したが、死人の絵紙に辿り着いた瞬間、蕎麦をたぐる手がぴたりと止まった。白く濁った目玉に口からはみ出た舌先が、目蓋《まぶた》の裏に写し出されてどうにも箸が進まない。がっくりとしながら、箸を揃えて器の上に置く。豪快に蕎麦を啜っていた役者らとは、雲泥万里。少しは芝居者に近づけているかと思ったが、己はまだまだであるらしい。

「下手人は、一体どんなやつなんでしょうね」

膝《ひざ》に手を置いたまま、話しかける。

「考えたんですがね、角田屋さんに行った後は、相撲部屋を訪ねてみるのはどうですか。ほら、下手人は首を折れる人物だ。それなら相撲取りに事件の起こった夜のことを聞いてみたりして」

「そないなことするかいな」魚之助は目も上げない。「下手人から探すんは意味があれへん」

「何言ってんです。俺たちは下手人を探して、そいつの殺しを止めるために今、仏さんが働いていた店に向かっているんじゃないですか」

魚之助は箸を止め「殺しを止める、ねえ」と箸先をこちらに向けてくる。「無駄にすくすくお育ちのその図体《ずうたい》や、下手人が人間であれば止めることもできるやろうけどもねえ。下手人が妖怪《ようかい》やったら、信天、お前、止めることができるんか」

藤九郎は己の手を見下ろした。並より大きく、節くれ立ってはいるものの、鳥を傷つけぬよう爪は丸く切り揃え、爪の間にはふわふわの羽毛が詰まっている。

「じゃあ、どうしようってんです」

「あたしらが探るべきなんは、耳穴に棒を差し込むその理由や」

箸先をくるりと回し、己の耳に向けることのできるこの度胸。

「見立てには、下手人の意図が絡まっているもんや。訴えたい、伝えたい何かしらがあるからこそ、下手人は二人もの人間の耳穴に棒を差し込みよった。この意図を解けば、下手人も自然と浮き上がってくるはずだっせ」

藤九郎はじとりとした目を向ける。要は、下手人の動機が気になるから、こちらの糸口から当たりたい、とそういうことだろう。己の欲を優先させているには違いないが、此度の殺しは見立てが特殊なだけに、動機を解くことを芯《しん》におき、事件を追っていく方が解決が早い気もする。

「角田屋さんに行くのも、殺された文次郎さんが小屋を訪れたその理由を知りたくてってえことですね」

「連れ立ち人がおるかもしれんしな」と言って、魚之助は懐紙で口を拭《ふ》いている。

「でも、角田屋さんにはどうやって話を聞くんです。座元が必死に糸を繋《つな》げないようにしてたところに、俺らが中村座の者だってわかっちゃまずいでしょう」

すると、魚之助はにこりと笑った。そして、卓上の山椒《さんしょう》を手に取って、藤九郎の器の中に嫌がらせの如く振り撒《ま》いた。

「口入屋の女将《おかみ》さんから聞かされたとき、あたし、思わず笑っちまったんです。いやだね、あたしを騙《だま》くらかして何をしようってんですってね。だって、つい先日も飯屋でお会いして、そんときゃぴんぴんしていたもんですから。だから、こんなこと……文次郎さんが亡くなっちまうだなんて、あたしゃ今でも信じられませんよ」

上がり框《がまち》に浅く腰掛け、袖《そで》口を目元に当てて啜り泣くこの女子《おなご》、いや、女形は、やはりとんでもない役者であるらしい。時折声は涙に溺《おぼ》れ、小袖の袖口もしとどに濡《ぬ》れている。突然店の戸を叩《たた》いた二人組に、はじめは胡乱《うろん》気な目を向けていた女中も今では、手拭《てぬぐ》いを顔に擦《こす》り付けている。

「店の者たちも皆信じられない思いでおります。文次郎さんは醬油樽《だる》の扱いには細かすぎるところもありましたが、下の者にもお優しい方でございましたから」

「ええ、あの人は昔からお優しいお人でありましたねえ。そいつが思い出されて、あたしは居ても立ってもいられなくって。失礼とは思いながらもこうして二人、角田屋さんの戸を叩かせていただいた次第でして。あ、駄目だよ、泣くんじゃないよ、お前さん。文次郎さんからてめえはいつまで経っても子供だと叱られていたくせに」

横目で目配せをされて、藤九郎は慌てて歯の間に詰めていた山椒を嚙《か》み締めた。すぐさま舌がぴりりと痺《しび》れ、涙が目の縁に溜《た》まってくる。この藤九郎の涙がもう一押しであったようで、女中は「お三方はそんなにも仲良しで」と一人合点して奥の間に駆けていく。戻ってくるなり「女将さんがどうかお話をさせていただきたいと」と告げてくるのは、まさに魚之助の筋書き通りだ。

奥の間へと続く廊下を歩きながら、藤九郎は前を行く魚之助をそっと見る。その足取りは、義足を取り付けているとは思えないほど軽い。普段であれば、もっとぎこちなくよろめいているというのに、芝居となるとまるで違えやと感嘆しておきながら、その芝居との言葉に己で暗くなってくる。通り過ぎる部屋のあちこちに弔いの名残を見つけるたびに、どうにも胸がぎゅうっとなってきて、

「こんなことをしていいんですか」

部屋で魚之助と二人になってから、低い声でそう問うた。

「なにがや」

魚之助は出された茶を袖口に垂らしている。なにをしているのか聞けば、涙が乾いてきたから仕込んでいると答えるのも気に入らない。

「芝居ですよ。文次郎さんの昔からの友人だなんて嘘をついて、店に上がり込んだりして」

あのあと義足を取りに行かされ、山椒入りの蕎麦を食わされ、角田屋前まで来てみれば、背中の魚之助からいきなり、文次郎の友達という役柄を与えられた。その場で拵えられていく役の名前と来歴を藤九郎は必死に呑《の》み込むと、魚之助は角田屋の戸を拍子木の如くに叩いたのだった。

「こないにうまくいくとは思わんかったわ。信天は山椒を仕込まんと泣けもせえへん大根やけど」

涙がなぞり落ちていく頰は、にんまり笑顔で膨らんでいる。かと思えば、奥の間に女将が入ってくるなり、よよよと畳に泣き崩れる。女将の声もいつの間にやら、涙で滲《にじ》んでいた。

「働き者のいい手代だったんだよ。豆を選《え》り分ける舌はからきしだったが、それなら商いの腕を磨いてみせますとせっせと働いてくれていた。なのに、あの子は無惨に道端に打ち棄てられていたって話じゃないか。耳に棒まで突き立てられてさ、あんまりだよ」

女将の言葉に、魚之助は袖口からそっと目を上げる。

「岡っ引の見立てはなんと？」

「度を失った酔っ払いとの喧嘩《けんか》の末に殺されでもしたのだろうと。そうでなければ耳の穴に棒なんてつっこみやしないから」

勘三郎の手下《てか》が盗み聞いてきたものから変わっていない。やはり死に処《どころ》が芝居小屋だとわからなければ、調べを前に進めるのは難しいらしい。

「文次郎さんから何か聞いてはおりませんでしたか。どこぞへ行くやら、誰かに会うやら」

「手代に一日暇をやるときには、あえて予定は聞かぬようにしておりましてね。いつ何時も店に恥じない人間でいてくれるのだという、この角田屋なりの信頼の証《あかし》立てですよ。だが、そいつが裏目に出ちまうなんて皮肉なもんさ。文次郎が、朝から小指の爪にはさみを入れていたのにもわざと声をかけなかったが、今考えるとあれも下手人に繫がる何かだったのかもしれないねえ。悔やまれてならないよ」

「へえ、小指のお爪」

魚之助はいきなり女将の顔を覗《のぞ》き込み、

「もしや、文次郎さんは芝居を見に行ってらっしゃったってえことも？」

藤九郎はぎょっとする。芝居と屍体《したい》が糸で繋がってしまわぬように画策していた座元の努力が水の泡！　だが、女将はそれはないよ、と言って鼻をかむ。

「文次郎は芝居にゃ興味がなかったもの。あたしらも一緒さ。角田屋を盛り立てていくのに必死で、芝居なんぞにかまけている暇はなかった。文次郎は、そんなあたしらについてきてくれる忠義者でねえ、わずかな暇ができても、そいつをお徳《とく》の簪《かんざし》探しに注ぎ込んじまう」

「お徳さん？」

「あたしんとこの一人娘さ。お徳と文次郎はいずれ添わせるつもりで話はついていた。もちろん今は主人の娘とお店者で一線引いてはいたが、簪を貰《もら》うたびにお徳は頰を染めていたよ。文次郎の話を聞いたときにはひどく泣いてね、それからずっと部屋に閉じこもっているんだよ。あたしゃ今でもなんと声をかけたらいいかわからなくってさ」

女将は廊下の方へ目をやって、でも、嬉《うれ》しいよ、と呟《つぶや》いた。

「こうしてお二方が訪ねてきてくれて。あの子は真面目が過ぎて遊びの一つも手を出そうとしなかった。あの子に友達と呼べる仲間がいたことは、ちょっと救われる思いなのさ」

藤九郎は頭《こうべ》を垂れる。あたしばっかりが泣いてちゃいけないね、と懐紙を差し出されては頭はどんどん深く垂れ、このまま畳に手をついて、自分たちは偽物だと白状してしまいたくなる。だが、ここで部屋の外から女将を呼ぶ声があった。入ってきた丁稚《でっち》が女将の耳元で何やらを喋《しゃべ》ると、また来やがったのかい、と女将は眉間《みけん》に皺《しわ》を寄せ、少しお時間をくださいな、と言い置き出ていったので、畳の上に揃えていた手は行きどころがなくなった。

そんな藤九郎の隣で、魚之助は頬をつたう涙をぺろりと舐《な》め上げ、

「文次郎め、色恋でなんぞあったな」

濡れたまつ毛の束の間から、底光りする目がのぞいている。

「なんぞとはなんです」

「文次郎はお嬢さんを差し置いて、女子と忍び逢引《あいびき》き、二人で芝居を見にいっとった。連れ立ち相手は情人《いろ》やったっちゅうこっちゃ」

「どうして女子だとわかるんです。知り合いかもしれないじゃないですか」

「耳の穴に鳥の餌でも詰まってんのか。文次郎は芝居小屋へ行く前に、小指の爪を切っていたと言うてたやないか」

「指の爪くらい俺だって切ります」

行きどころを見つけたとばかりに魚之助の目の前に両手を滑らすと、魚之助は扇子で手の甲を軽く縫い止めた。そのまま、人差し指で小指の爪をかりかりと引っ搔《か》く。

「ああ、口惜しや。これにあの女《めろ》との赤い糸が結ばれていらっしゃる。これほどかわいいお指でなければ、あたしが嚙みちぎってやろうのに」

藤九郎が慌てて両手を引っこ抜くと、魚之助はけらけらと笑う。

「そう花魁《おいらん》に言われて、男は女のために小指の爪を切る。十年も昔の演目や。今はめったに小屋にかからんが、芝居も恋も、指の先、爪の先にまで心を配るものやと、当時は小指の爪だけ深く切る男が江戸中におったそうだっせ」

「……文次郎が男と会うつもりだったなら、小指の爪を切ったりしない」

会っていたのは女子に違いない。

「おまけに古い演目を知っている芝居好き。その女子に気に入られようと、芝居が好きでもないくせに小手先の仕内《しうち》を取り入れてくるんやもの、えろう健気やないですか」

十年もの昔の芝居話に藤九郎は心内の筆を出しかけたが、どうにも筆を動かす心持ちではない。しかし、魚之助は、

「惚《ほ》れた腫《は》れたで揉《も》めよったか」と歌うようにして、扇子を唇に当てている。

「この惚れた腫れたが文次郎の殺しに絡まってくるのは間違いあらへんな。そいつがどうやって耳穴に棒をぶっ刺す所業に行き着くんやろうねえ。気になるわあ、気になってしょうがあらへん」

「まだ当て推量でしかないんですから、そんな言い方をしないでください」

己で思っていたより随分低い声が出た。魚之助はこちらを見て、目を細める。

「なんやご機嫌がよろしくあらへんな」

喉仏《のどぼとけ》をくすぐるような声を出してくるが、藤九郎は噛み付かずにはいられない。

「俺は店に入ってようくわかったんです。角田屋さんはね、本当に文次郎さんのことを大事にしておられた。みんな、文次郎さんが好きでいらっしゃったんです。その情を利用して、角田屋さんたちを騙くらかしているかと思うと、俺は肚《はら》のあたりがきゅっとする。これはやっちゃあいけない芝居、ついちゃあいけない嘘だった」

へえ、と魚之助は片方の口端だけで薄く笑った。藤九郎につぃっと膝を近づけて言う。

ほんなら、信天、一つ聞くが。

「何がついていい嘘で、何がついたらあかん嘘なんや」

藤九郎は思わず口をつぐむ。

「それこそ小屋でかけている芝居なんてのは、何もかもが嘘まみれや。あれは全てがあかん嘘なんか」

「……人を傷つける嘘が、そのあかん嘘とやらです」

苦し紛れに口から溢《こぼ》した答えだったが存外芯をついている気もして、藤九郎は己の言葉に己で頷《うなず》く。

「舞台の上にのせられた嘘は人を傷つけません。芝居に来る客はそれが作り事だとわかっているから、お姫さんが世に許されねえ恋をしても一緒に泣けるし、町人が武士に刃《やいば》を立てても一緒になって喜べるんです」

「その作り事の種が現《うつつ》の事件であることなんて、ようけありまっせ。どこぞで心中があった、どこぞで殺しがあった。そういう世間を賑《にぎ》わせるもんが湧いたら、芝居者はすぐさまそいつを板の上に乗せて好き放題に芝居に仕立てる。殺しの理由をこちらが手前勝手に拵えることもあるわいな」

「……よくもそんなひでえことができますね」

「死人に口無し。あの世でいくら地団駄踏まれようとも、あたしらには毛ほども響かへんもの」

なあ、信天。

「人を傷つけへん嘘なんて、この世には一つもおませんのや」

魚之助のいやに澄んだ声が部屋に響いたそのとき、店表の方で何やらざわついた気配があった。塩をお撒き！　と女将の癇走《かんばし》った声も聞こえてきて、ふと藤九郎は縁側を見やると、何かが庭を走り抜けた。藤九郎の目玉に二本横線を引くようにして、一本、白い袂《たもと》がたなびき、もう一本、頭のあたりで布が揺れる。おそらく頭に被《かぶ》っているのは市女笠《いちめがさ》。笠から垂れる薄衣《うすぎぬ》は、暖簾のごとくにぐるりと顔周りを隠す役目を果たす。その格好で塩を撒かれるお人といったら、あれしかいない。

湯灌場買《ゆかんば》いか。

その湯灌場買いが何をやらかしたと庭に近づこうとした途端、腿《もも》をきゅうとつねられた。

見下ろせば、魚之助が腕を差し出している。

「急になんです」

「もうこの店で聞くことはなんもあらへん。それよりあいつや、追いかけるで」

「あいつって、今の湯灌場買いですか」

「それ以外誰がおんねん、はよ尻《しり》を上げぇ」

背中を掻きむしるようにしてよじ登ってくる魚之助の尻を慌てて抱え、藤九郎は立ち上がる。部屋を出て廊下を進めば当然角田屋のお店者らは声をかけてくるが、一寸《ちよつと》でも立ち止まると魚之助が背中を蹴《け》っ飛ばしてきて、大した挨拶《あいさつ》もできやしない。礼を伝えることもできぬまま角田屋をあとにした。

せめて女将さんには、芝居だったと明かしたかった。茶番の幕を下ろしたかったと藤九郎は後悔しきりだが、魚之助は角田屋での一幕なんぞもう忘れた様子だ。

大通りから一本入った路地裏へと藤九郎を走り込ませて、

「そこの湯灌場買い、この唐変木に飛びかかられたくなかったらお止まりなんし」

なんて芝居じみた台詞《せりふ》を、目の前の湯灌場買いの背中に呼びかけている。

振り返った湯灌場買いを舐め回すように見て、はあて、といやに嬉しそうな声を出す。

「何を演じはるんやろなあ。お岩《いわ》やろか、五百機《いおはた》それとも阿国御前《おくにごぜん》か」

「どうしたんだよ、魚之助」

藤九郎は声をひそめて背中へ問いかけるが、いつものように声を耳たぶに擦り付けてくることはない。

「こないなところで同業者に会うとは思いもしませんでしたわ」と真っ直ぐ湯灌場買いに届かせている。

「同業者って、このお人は湯灌場買いだろ」

人が御陀仏《おだぶつ》になった際、家を持たぬ身内はその手で仏の身を清めることが禁じられている。そのため、仏は寺に設けられた湯灌場に預けられ、化粧、身なりを整える。そこに仏の着物は死穢《しえ》がついておりましょうと引き取りにくるのがこの湯灌場買いだ。仏の古着を売り歩く姿は藤九郎も町中で目にしたことがある。

白の着物に身を包み、頭に乗せた市女笠から垂れた薄衣は胸あたりまでを隠している。背中に小さな葛籠《つづら》を背負《しょ》い込んでいる姿は、ほら、見るからに湯灌場買いで——。

「見るからに、役者やないか」

言い切って、魚之助は藤九郎の肩口から身を乗り出す。

「さぞええ役者なんやろねえ。庭を横切ったそのお姿、頭の位置は変わらんのに、足だけ前に動かして腰が揺れることがない。体はちいと線が細すぎる気もするが、背中の筋は太そうやからよしといたしましょう」

早口で言い立てる魚之助の横顔に生えた産毛が、逆立っているのが見える。

「幽霊役に仏が身につけとった着物を使おうってのは、ええ目の付け所やわ。たしかに死に衣裳にはなんとも言えん匂いが染みついとる。あたしはあんたのその心意気に感服つかまつったから、こうしてご挨拶をさせてもらっているんだよ」

横顔の産毛だけで藤九郎にはわかる。魚之助の芝居心はめろめろと燃えている。

「さあ、どこの小屋の女形でいらっしゃる」

湯灌場買いはしばらく黙ったままでいた。だが、ほんの少しだけ小首を傾げて、

「あいすみません。今まで女形だとばれたことはありませんで、ひどく驚いておりまして」

落ち着き払った声だった。大きくなければ、張ってもいない。だが、そこいらに漂う埃《ほこり》や塵《ちり》を避けてすぅと届いてくるような声だった。

「わたくし、市村座で立女形《たておやま》をしております円蝶《えんちょう》と申します」

真白の指がそろりと薄衣を押し上げ、顔表が半分現れる。

魚之助の如くの挑むような美しさではない。うっすらと匂い立っているかのような美しさ。まるで蝶《ちょう》が鱗粉《りんぷん》を残すかのような。そこで、あっと藤九郎は思い出す。

滅法素敵な女形なのでございます！

楽屋で駒瀬が褒めていた女形とはこの、円蝶のことではなかろうか。

「それで、そこなお二人は一体わたくしに何用でございましょう」

心底不思議そうな問いかけに、魚之助の片眉《まゆ》がぴくりと上がる。

「女形をやっとって、あたしのことを知らんのか？」

「失礼なこととは存じ上げますけれど、お名前をお聞きしてもよろしいでしょうか」

「魚之助や。白魚屋言うたらわかるやろ」

円蝶は困ったように首を傾げる。

「……あいすみません」

この返しには、さすがの藤九郎もへえ白魚屋を知らねえ役者もいるんだな、などと笑っ

てはいられなくなった。肩口に魚之助の指が食い込んで、すわ飛びかかりやしないかと魚之助の腿を抱え込む腕に力を込めたが、存外魚之助は落ち着いていた。

「あたしもな、女形やったからあんたのやりたいことはようわかる」

ふううと魚之助は己のなにかを整えるように深く息を吐く。首筋に当たるそれはひどく熱い。

「寺の湯灌場を回るだけじゃあ、己の思ってたようなええ衣裳は見つからんかったんやろ。せやから、こうして死人の出た家を回ってた。角田屋を訪ねたんは一回や二回じゃあらへんね。女将はまた来たかい、と言ってたもの。そんで、死人の着物はなんの芝居に使うおつもりやったんや」

「……いえ」

「なんやの」

「芝居がそうもお好きでいらっしゃるのは、役者として至極ありがたいとは思いますが、素人《とうしろう》さんに芝居の中身を教えることはちとできかねまして」

藤九郎は喉をごくりと鳴らす。魚之助の息が吐かれる音はもはや聞こえてこない。

「せやから、あたしは元女形やって言うとるやろが。この女子の格好を見てわからんか」

「平生《へいぜい》から女子の格好をされるだなんて、飛び切りのお熱の入れようですね。さて、どなたの贔屓《ひいき》でござんしょう。半四郎《はんしろう》さま？　それとも駒瀬さま？」

なんてえことを聞きやがる！　思わず藤九郎は後ずさったが「ええわ」と耳元で呟かれ

た言葉に足を止めた。止めざるを得なかった。そんな、地獄の釜《かま》底から湧いた泡粒が弾《はじ》けたような禍々《まがまが》しい声を出されては。

「そんなに言うならええわ。今から中村座に行くさかい、あんさん一緒に付いてきい」

とち狂った提案に「ちょっと！」と藤九郎は首を目一杯背中に回す。

「何を勝手に決めてるんです。他の小屋の役者さんを連れ込むつもりですか」

「角田屋でのことを役者らに知らせとかなあかんと思ってたところや。中村座に行くついでやついで」

嘘を吐け。そんな手下のような真似事など一等嫌いではないか。

「中村座での客殺しは外に知られちゃいけねえ。あんたもわかっているはずでしょう」

「阿呆蔵《あほぞう》。仏のことは伏せるに決まっとるやろ。あたしの正体をあいつのお頭《つむ》に叩き込んだら、すぐに小屋から追い出すわ」

芝居のこととなったら手木《てこ》でも動かぬようになる性分は、嫌というほど心得ている。せめて円蝶が断ってくれればと振り向くが、たおやかな手つきで笠を被り直し、しずしずついてくる始末。藤九郎は足を中村座に向けるしかない。円蝶を背中で隠すようにして楽屋口を通り抜け、稽古《けいこ》場へと辿り着くと、魚之助はすぐさま役者たちを集める。

殺しには色恋沙汰《ざた》が絡んでいる。連れ立ち人である女子を探せば下手人に繋がる、と役者たちが尻を落ち着けるのを待たずとして報告は終わり、

「そんなことより、こっちのお人や」

魚之助は円蝶を稽古場へと招き入れる。

「たまさかそこでお会いしたんやけども、どうもお若い太夫《たゆう》はんは以前のあたしをご存じでらっしゃらへん。せやから、皆々様のお口をお借りしようと中村座へとお連れいたしましてね」

その場がざわりとするのも無理はない。突然の魚之助の駄々に皆、戸惑いが先に来る。これに怒りが追いついてくる前にと藤九郎は座元を呼ぶため尻を浮かせた。その瞬間、衣の擦れる音がやけに耳に障って、顔を上げた。衣擦れの音は微《かす》かだが、皆一様に動きを止めている。

「ご先達《せんだつ》のご指南の前におひとつお聞きをしたいのですけれど」

笠が板の間に置かれて、先の衣擦れは円蝶の出したものと知る。

「魚之助さまは、今も中村座の座組にお入りの女形でいらっしゃる？」

衣擦れと同じく声も小さく、

「元や言うたやろ」と返す魚之助の方がしっかり聞こえる。

「今は役者ではいらっしゃらない？」

「……せやな」

「それなら、どうしてそんな大きいお顔をされているんでしょう？」

「は」

「大した芸品もございませんのに」

円蝶の声は小さくて、だからこそ耳を澄ませている皆の耳穴に染み入った。

座元に呼ばれて芝居小屋に顔を出す魚之助を、役者でもないのに入り浸りやがってとやっかんでくる者はこれまでもいた。だが、白魚屋の芝居を一度でも目にしたことのあるお人なら、その悪口は舌の上に乗ることなく、喉仏ですり潰《つぶ》される。だというのに円蝶は、「その背中」と細い指で魚之助を指す。

「筋が右に曲がっておられます。手首は左が固くって、お尻は肉が垂れていらっしゃるのに、ご自分では気づいておられない？　わたくしは道中、あなた様の背負われた後ろ姿が気になって仕方がなかった。足をお切りになっただけでは説明がつかぬほどの、そのお体のゆるみよう。そんなお人に芸品があるとはどうも思えませんで」

藤九郎はこれまで魚之助が稀代《きだい》の役者だと聞かされてきた。江戸の人間を蕩《とろ》かして、中村座に金子を呼び込んだ伝説の名女形。いくら舞台を降りてから時が経とうとも白魚屋はそうであるのだと、藤九郎は疑うこともしなかった。だから、円蝶の言葉は藤九郎にとっていきなり頬を張られたようなもので、咄嗟《とっさ》に何も口を挟めないでいる。

「ここにいる中村座の役者方のほうが素晴らしい芸品をお持ちでしょうに。なにもそう、過去のお人をちやほやとする必要はないのではございませんか」

中村座の役者たちは目の色を変えている。藤九郎はその中にめろめろとした炎を見る。阿近だけは一人輪から外れるようにして、鼻の頭を掻いている。

魚之助さま、と円蝶は静かに呼びかける。

「昔の己に縋《すが》るのはもうおやめくださいませ。あんまりに哀れで醜くて、見ていられない」

魚之助は、しばらく円蝶を睨《ね》めつけていたが、目を閉じ、ふうと息をひとつ吐き、

「おっしゃる通りやわ」と落ち着いた様子でそう言った。

「手前勝手が過ぎました。今日のお詫《わ》びは後日改めていたしますさかい、今日のところはどうぞ堪忍なさってくださいまし」

藤九郎の首に回す腕もゆったりで、稽古場を離れる際には小さく頭も下げてみせたが、小屋の外に出た途端、魚之助は藤九郎の耳元へ噛み付かんばかりに口を寄せてきた。行き先は告げられぬでもわかっていた。市村座へ辿り着き、背中から言われるがままに木戸札を購《あがな》っている最中、ふと肩口から乗り出している魚之助の顔を見やった。魚之助は小屋に掲げられた絵看板を見上げながら、歯を剝《む》き出して笑っていた。

「助六《すけろく》の揚巻《あげまき》を演《や》られるそうやわ」

桟敷席の横木に前のめりに体を預け、魚之助は煙管《キセル》を燻《くゆ》らせる。

「……それは魚之助が飼っている三毛の名前でしょう」

「あの猫の名前は、あたしの当たり役の名前から取ったんや。はじめてあたしが極上上吉と評されたんも、この役やったんやぜ」

とざい、とーざいの幕開きの声がかかっても、魚之助は横木にもたれかかったままで、幕が開くのを見下ろしている。

「さあ、お手並み拝見といこうやないか」

円蝶の揚巻は、素人の目から見ても、とてつもなく美しかった。

江戸で指折りの花魁としての品があり、己の恋人へ客《けち》をつけられての悪態はすっきりしゃんと気風《きっぷ》が良い。だが、恋人と二人床几《しょうぎ》に座れば目尻が垂れてくるほどの健気さで、己の着ている裲襠《うちかけ》の下へ恋人を隠したりもする。

恋人を覆うその裲襠には合わせ蝶が舞っている。それが円蝶の芝居紋だと気づいた瞬間、藤九郎は思わず目を逸《そ》らした。

藤九郎は薄暗闇の中、そっと隣をうかがった。

魚之助は舞台を見ている。横木にしがみつくようにして爪を立て、身を乗り出し伸ばした首には青筋が浮いている。藤九郎の手は知らぬうちに魚之助の袂を握り締めている。魚之助が強く嚙み締めている唇からは血が滴って、着物の胸の辺りを赤く染めていた。

鷹《たか》に鶏、鷺《さぎ》、いすか。言われるがままに客間へ鳥籠《かご》を並べてやれば、鳥の方ももう慣れたもので、餌箱をついついっと嘴《くちばし》で叩いてくる。そこに稗《ひえ》粒を流し込むと仕方がないねえとばかりに留木に留まってくれるので、隣の男は勢いよく畳の上に唐紙を広げる。

だが、どうにも藤九郎は、信じられない。

「本当にこいつらぜんぶ、芝居に出てくるのかい」

素直に疑問を口にすると、隣で筆を舐めていた男、新吾は、

「あれだけ魚之太夫《ととのだゆう》と一緒にいるってのに知らねえのかい」と呆れ顔になっている。

『金門五山桐《きんもんごさんのきり》』では、白鷹《はくたか》が石川五右衛門《いしかわごえもん》に絹の血書を運んでくる。『菅原伝授手習鑑《すがわらでんじゆてならいかがみ》』じゃあ、鶏を鳴かせて夜明けをでっち上げ、道真公《みちざね》を盗み出す。鳥は舞台の上じゃ重要な役所《やくどころ》を担っているんだよ。いや、舞台の下でもお鳥様はご活躍だ。花道へと出入りする奥の小部屋を鳥屋《とや》というし、化け物が出てくる時に鳴らされる、ひゅうどろどろ。あのひゅうを寝鳥《ねとり》の笛とも言うからね」

つらつらと口を動かしながらも、その目は鳥から離れることはなく、鳥の姿を手元の絵紙に写し取っていく。

芝居小屋で藤九郎がいすかの羽色を指摘してからすぐのこと、この小道具方は筆に紙束を携えて、藤九郎の商う百千鳥へと現れた。鳥のことでお尋ねをと言われちゃ、鳥屋の主人たるもの並の答えでは返せぬわけで、一の問いかけに二をかけ、三をかけて説明をする。すると、気安く声を掛け合う仲になっていた。年齢も同じとくれば、四つん這《ば》いになっている男の脇をつついて、「それで、どうだい」とちょっかいを出すこともできる。

「お嬢さんとはうまくいっているのかい」

「おいおい、あんまり大きい声で言ってくれるんじゃないよ」

すまねえ、と慌てて口元を押さえれば、新吾は笑う。

「三日前におけいさんが工房まで訪ねてきてくださすってね。俺は次の芝居で入り用となった硯箱《すずり》を拵えていたんだが、ご自分のお店でも扱いたい代物だと、いたく褒めていただいたよ」

「すげえじゃねえか。あの玉名屋《たまな》の娘さんにそう言ってもらえるだなんてさ」

玉名屋といったら江戸では名の知れた小間物屋だ。そこに小道具方として出入りをしている内、知り合ったのだという。だが、おけいは玉名屋が巾着袋の中に入れ、口をきゅっと絞って育ててきた一粒種。主人は両腕《もろ》袖口を捲《まく》り上げ、てめえ、おけいとどうこうなろうってな魂胆か、そんな野郎は店の敷居を跨《また》がせまい、と最初は新吾を追い返していたらしい。だが、今では帰り際にお菜《さい》を持たせてくれる変わり様。おそらく主人も気づいたのだろう。この新吾という男、何よりも仕事が好きなのである。

「でもお前、おけいさんから文をもらったりしているんだろ」

「ああ」

「これはここだけの話だが、応《こた》えてあげようとは思わないのかい」

「どうこうなろうとは思っちゃいないよ。それに、どうこうなれる気もしない。相手は大店のお嬢さん、こちとら芝居小屋に出入りの職人風情だ」

新吾は客間に広げていた絵紙をまとめ上げながら、ふっと口端を緩めた。

「玉名屋さんを困らせるのも嫌だしな。俺はおけいさんが俺の作った根付でも帯にくっつけてくれるだけで十分なのさ」

だから、あまり言いふらしてくれるんじゃないよ、と店内にあっても潜められた声に、藤九郎は物悲しくなる。新吾に心を寄せているおけいもいずれ、どこぞの若旦那に嫁ぐのだろう。そうなれば一介の小道具方が出る幕はない。店奥では相思鳥《そうしちょう》が雌雄でぴいちょいちょいと鳴き交わしている。その声がやけに耳に響くのは、このところ、色恋沙汰で悲しい話を聞くことが多いからか。五日ほど前に訪ねた角田屋さんでもお嬢さんと手代は哀れ死に別れ、と思い出したのを図ったように、

「それで」と新吾は藤九郎に水を向けてくる。「お前の方も俺に聞きたいことがあるんだろう？」

口をもごもごとやってから、藤九郎はごほんとひとつ空咳《からぜき》をする。

「……魚之助はどうしておられます？」

「今日も中村座に現れなすったよ。昨日と同じく芝居小屋までは駕籠《かご》でお越しで、小屋の中は魚之太夫付きの留場《とめば》がお運びだ。もうみんな慣れたもんさ」

「……へえ」

思わず腑《ふ》抜《ぬ》けた声を漏らすと、「藤九郎の足はもうお役御免かな」なんぞとこちらを見てにまにまと笑うので、藤九郎は勢いよく鼻を鳴らす。

「別に俺はお役御免でも構わねえんですよ。ただ、あのお人は芝居のこととなると、道理の通らねえ言葉を口にして周りを掻き回しちまうだろ。これまでだって、俺が取り繕ってやらなきゃならねえ場面がしこたまあってさ」

「安心しねえ。最初は遠巻きに巻かれていなすったようだが、やっぱり極上上吉を取った太夫さんだ。お役者衆にかける言葉が的を射ているとあって、今じゃあ教えを乞《こ》いにくる

者も多いそうだよ」

なんでえ、と藤九郎は口をひん曲げる。そんな話を聞かされては、魚之助のところへと行く口実がますますなくなってしまうじゃねえか。

魚之助が変わったのはあの日からだ。

あの、円蝶という女形に出会った日から、魚之助はこれまで以上に芝居小屋に入り浸るようになっていた。そして、藤九郎を呼ぶことがぴたりと無くなった。

どうして連れて行ってくれないのだ、との言葉は喉元まで出かかってはいたものの、どんな顔して言えばいい。声はどんなだ、口振りはどんなだ、とあれこれ考えている内に、いつの間にか御御《おみ》足役も場の繕い役もお役御免となっていた。今の藤九郎に唯一残されているのは、岡っ引役だ。

「そもそも魚之助が中村座に呼ばれたのは、客殺しを解決するためだったはずだ。そいつをほったらかして芝居に入れ込んでいるのは、ちょっとどうかと思わねえかい」

「今更何を言っているんだよ」新吾はあははと笑い、

「役者ってのはそういうもんさ」

藤九郎の物言いは大根でも切るようにすっぱと切られて、でも、そのあまりに軽い切れ味がなぜだか藤九郎は気になった。

その後、新吾が魚之助の居所を教えてくれる間も、早々と店仕舞いをしている間も、その切り口を藤九郎は頭の中でずっと弄《いじ》っていた。

藤九郎が店の障子戸を開けるなり、

「なんやあないに沢山鳥を飼っとるくせに、店で鳴いたんは閑古鳥でっか」

と投げつけてくる憎まれ口はいつものごとくで、藤九郎はほうっと小さく息を吐いた。

蕎麦屋福山は丁度人波の引いた頃合いらしく、卓についている客は点々としている。その中でも一際図体《ずうたい》の大きい点が、どうやら魚之助をここまで連れてきた留場のようだ。蕎麦を勢いよく啜っている背中はまあ確かに広くはあるが、そうも凸凹《でこぼこ》してちゃあ乗りにくいのではなかろうか。

「残念。店は繁盛してますよ。今日は気が乗らねえから店仕舞いをしただけです」

つんと言いながら、藤九郎は魚之助の座る小上がりの座敷へ上がり込む。

「偶々《たまたま》新吾に聞いたんですがね、あんた、このところよくこの福山にいるそうで。そんなにお蕎麦が好きだったとは、短くねえ間一緒におりましたが、俺ぁめっきり知らなかったですよ」

「別段好きとちゃう。市村座の芝居の客入りがどないか確かめとるだけや」

「蕎麦で何がわかるんです」

「蕎麦やない。うどんや」

口端の黒子《ほくろ》がきゅうっと上がる。

「助六は舞台でほんまもんのうどんを使うと言うたやろ。助六は敵役《かたき》を怒らせるためにそいつの頭にうどんをぶっかけんねや。芝居が受ければ、うどんを頼む客が増える」

今日はどうも少ないみたいやわ、と笑みを浮かべる唇には、いつもよりも赤々と紅が塗られている。

「何を焦っているんです」

「あん?」

「円蝶さんに言われたことを気にしているんですか。あんな若蔵の悪口《あっこう》を丸呑みにするだなんて、あんたらしくないじゃないか。そりゃ円蝶さんはお綺麗《きれい》でしたけどね、魚之助は伝説の女形なんだからさ、もっと鷹揚《おうよう》に構えていりゃあいいんだよ」

だって目の前の女形は相も変わらず美しい。出会った頃から、何一つだって変わっちゃいない。

「……別に焦ってなんかあらへん」魚之助はぽつりと言う。

「ただ、あたしの爪がいつから伸びてたんか、思い出されへんかっただけや」

「爪?」

聞き返した藤九郎の言葉に何も答えず、魚之助は煙管を取り出す。

「そんで、性懲りも無く小道具方と仲良う楽しんではるみたいやけど、客殺しの方はもうええのん?」

口から吐かれた煙草の煙《けむ》に、藤九郎は素直に巻かれてやることにする。

「俺は言われたことはきちんとやってますよ。でもね、そうほいほいとは見つかるもんじゃありませんよ」

文次郎の連れ立ち人である女子探しは、あんたはあたしと違ってどこぞへでも行けるから、と藤九郎に押し付けられた形だったが、これが一向に進んでいない。一応小屋周りで聞き込んではみたが、芝居を観に来る男女なんぞ、町に落ちている犬の糞《くそ》ほどいるものだ。そもそも藤九郎は鳥屋を商う一介のお店者。岡っ引と同じ仕事振りを期待してもらっちゃ困る。そう文句を垂れると、

「せやから、今日は鳥屋さんとして、信天をここに呼んだんやないか」

魚之助はんふふと、鼻で笑う。聞けば、小屋の小道具方に己の居所を伝えておけば、藤九郎が飛んでくると踏んでいたという。

まだるっこしい真似をする。藤九郎は思った。

「行きましたよ」

そっぽを向きながら、そう言った。

「なんやて」

「そんな回りくどいことをしなくても、俺はあんたに呼ばれれば、あんたのところに行きました」

言ってから己の唇がとがっていることに気がついた。これじゃあまるで子供の駄々だ。

「それで」と一際大きな声を出し、「鳥が一体どうしたって言うんです」無理くりに話を先に進める。

魚之助は寸の間口を閉じ、それから「仏の肌触りが気になったのや」と言う。

「張っているんか、皺が寄ってんのか、萎《しぼ》むんか。死人になったことは数あれど、触ったことはあれへんなあと気づいたら、もうたまらんようになってもうて。せや、文次郎の屍《し》体《たい》を小屋から運び出した奴がおるはずやないかと、あたしは中村座におる留場を片っ端から当たってみた。そんで見つけたんが、あのお人」

魚之助が細い顎《あご》をしゃくった先では、蕎麦を食い終わった男が楊枝をつかっている。

「腕っぷしはお強いけれど、お口が緩い。文次郎を運んだときのお話をねだれば、ぽろぽろ溢してくれはってねえ」

魚之助は卓の上から何かをちょいと摘《つま》み上げる振りをして、

「なんでも、文次郎は鳥さんの紋が入った手拭いを持っていらっしゃったそうだすわ」

「鳥の、手拭い」

撒かれた餌を思わず啄《ついば》んでしまったが、いやでも、と慌てて首を横に振る。

「でも、絵図には手拭いなんて描かれておりやせんでしたよ」

そんなものが文次郎の傍に落ちていたなら、いの一番に描き込まれ、木綿の産地まで調べ上げられているに違いない。

「せやから、座元はその手拭いを見つけておらん。文次郎をはじめて見出《みいだ》したんは千代蔵や。あの桟敷番は屍体を見てえらく動転して、座元が来る前にどこぞへ動かそうとしたらしい。目に入りさえせんかったら己の頭の中から追い出せるとでも思いよったんか、まあ阿呆《あほう》の了見やが仕方があらへん。ただ、屍体は役者落ちのひょろ腕で抱えられるもんやなかった。そうして、留場は千代蔵に声をかけられた」

はじめて見る屍体に仰天はしたが、これを運べば駄賃に口止め賃まで出るという。留場が屍体の腹に腕を回してうんうん唸《うな》っている間《ま》に、千代蔵は己の仕出かしにようよう気付いた。客殺しなぞ、己一人の腹の中に隠しておけるものじゃない。屍体を見ておくように言い付け、千代蔵は座元を呼びに脱兎《だっと》の如く走り出す。留場は屍体に手を回したままで、ぽつんと二人、残された。このまま待つのは気味《きび》が悪いと腕を外せば、屍体の帯下あたりで何やらがちゃりりと鳴って――、

「仏から銭を盗んだわけですか」

藤九郎が言葉を差し込むと、留場は楊子《ようじ》を使う手を止めて日に焼けた月代《さかやき》をへへ、と掻いた。

「鳥の手拭いは文次郎の帯に挟まってたんやと。そいつで銭を包みよった。千代蔵が座元を連れて戻ってきたあと、何も存ぜぬ顔で屍体を運び、金子を懐にお頂戴《ちょうだい》。用済みになった手拭いはお堀に捨てる。大した役者やおまへんか」

手を叩いて喜ぶ魚之助に応えるようにして、留場はぽおんと腹帯を叩くから、いよいよ藤九郎の眉も吊《つ》り上がる。

気に入らねえ。小上がりに呼び寄せる際も、この留場はやけにすんなり魚之助の言い付けを聞いていた。卓に乗せられている腕も、藤九郎のよりも随分と太いし、筋張っている。

気に入らねえが、「まあ、盗みは一旦脇に置いておきましょう」藤九郎は軽く咳払いをする。

「その紋入りの手拭い、此度の殺しに何かしら縁《ゆかり》が深いものかもしれません」

芝居に全く興味のない文次郎が帯に入れていた手拭いだ。連れ立ち人が渡したものか、それとも殺しになにか関係があるのかもしれない。

「どんな鳥か思い出せますか。なんでもいいんです、色でも大きさでも」

ここで岡っ引のご定法、袖の下代わりの味噌《みそ》田楽を卓上に滑らせてやれば、一皿つるりといったその口で、「寝ている鳥だったな」と留場は答える。

「……へえ」と魚之助は何やら含みのある息をついたが、藤九郎が推量を進めるにはまだ足りない。

「その鳥は木の上、砂場、どんなところで寝ておりましたか。寝相でもいいんです。寝方で種が絞られてもきますから」

すると、魚之助が茶々を入れてくる。

「あら、寝相が気になるなんて、はしたないお人やわあ。お家にあげたら、あたしの寝床にも入ってくるのんとちゃいますか」

「何言ってんですか。あんたは人を絶対に寝床に入れないじゃないですか」

ただ行燈《あんどん》の油を替えたかっただけにございます。そう、ぶうを垂れていためるの恨みがましい鶯《うぐいす》色の目玉を覚えている。これだけ長い間お仕えしてんのに、夜半はお部屋に心張り棒を張られるんは悲しいもんがありまっせ。めるは泣き言を漏らしていた。そんなら俺は、と軽く聞き、入れるわけがないやろ野暮天と、ぴっしゃりはねのけられたのが思いの外こたえたのも、よくよく覚えている。

此度はそう簡単に手のひらを叩かれるわけにはいかねえ、と藤九郎は気合を入れるのに、そんな藤九郎など置いてけ堀で、魚之助は留場に向かって身を乗り出している。

「その鳥、えろう気持ちよさそうな顔で寝ていたんとちゃうか。なあ、加助《かすけ》」

留場は一気に眉毛を両方とも上げて、幾度も頷く。

「気持ちよさそうったって、それだけじゃあ何にもわかりませんよ」

嗜《たしな》めるようにして言ってやると、目の前の小さな口がぱかりと開いて、そこから細く長い煙が一筋漏れ昇る。

「あんたはほんまに江戸の産湯を使うたんでっか？　洒落《しゃれ》の一つもわかったらんとは、江戸者の風上にもおかれへん。ええか？　鳥は気持ちようなって寝こけとる。つまりは夢を見とんのや」

夢見鳥。

「手拭いの中の鳥さんは、蝶々やったっちゅうこっちゃ」

「鳥という名がついているのに、蝶なんですか」

「あんたのお頭は、鳥以外はからっきしやな。こないな漢籍、手習の子でさえ知っておりまっせ。昔の唐《から》のお話や。あるお人が、自分が胡蝶《こちょう》になった夢を見た。目が覚めたが、はて自分が夢で胡蝶となったんか、胡蝶が今夢の中で自分になっているのんか、現《うつつ》か夢かわからんようになってもうた。それが基で、蝶の別名を夢見鳥というのや」

ほんで、こいつは今思い出したことなんやけども。魚之助は卓に肘《ひじ》をつき、うっすら口端を上げる。

「つい最近、蝶の紋紋で有名なお人に、お会いしたような気がするんやけど、どないでっしゃろ」

藤九郎の頭の中には、豪奢《ごうしや》な裲襠に合わせ蝶を縫い付けた背中が浮かんでいる。


ころは暦応《りやくおう》。ところは鎌倉鶴岡八幡宮《かまくらつるがおかはちまんぐう》のお門前。

八幡様の造営が相成りましたということで、足利直義《あしかがただよし》公がお見えになってございます。供には執権高師直《こうのもろのう》、接待役として桃井若狭之助《もものいわかさのすけ》と塩冶判官《えんやはんがん》のお二方。敵将の兜《かぶと》を宝蔵に納めるために集まったわけでありますが、唐櫃《からびつ》の中には兜が山なり。目当ての兜を見つけられない。師直はこれにねちりねちりと文句をつける。直義公のご命令に対して言葉がすぎると諫《いさ》める若狭之助に向かって、師直、こうにございます。

——なま若輩ななりをしてお尋ねもなき評議、すっこんでお居やれ!

「ひでえことを言いやがる。若狭之助が可哀想だよ」

思わず差し込んでしまった己の口を、藤九郎は慌てて塞《ふさ》ぐ。

目の前のお人が胸に抱えている紙束は真夏の殿様蛙のごとくに厚みがあって、努力のほどがうかがい知れた。だからこそ、決して読み立ての邪魔はするまいと、そう心に決めたはずなのに。申し訳なさから眉を下げつつ顔を上げたが、なぜか目の前の若女形は頰を赤く染めている。

「その若狭之助が師直の悪口でしゅんとなってくれるお人であれば、よかったのです」と、わざわざ藤九郎の呟きを拾って応えるその鼻息も荒くって、なるほど、と藤九郎は合点する。この若女形、駒瀬は芝居話ができるのが大層うれしいらしい。弾んだ声で再び紙を読み上げ始める。

「しかし若狭之助は短気も短気、師直へ怒り心頭でございます。そこへ直義公が一人の女子を呼びつける。現れたのは、塩冶判官が妻、顔世御前《かおよごぜん》。目当ての兜をかつて目にしていた御前は一つの兜を手にとり、鼻をすんと鳴らします。ああ、この匂い、これこそが敵将、新田義貞《にったよしさだ》の兜にござりましょう」

「匂いでおわかりに?」

「名香、蘭奢待《らんじやたい》。敵将はこの香を兜に焚き染《たし》めていたのです。そして、この香を実際に舞台の上で焚いてはいかがと座元に進言したのは、私にございまして!」

駒瀬の声は真っ直ぐ、藤九郎の隣の魚之助に向けられていたが、魚之助ときたらどこ吹く風で出された麦湯を啜っている。意地悪め。魚之助の横顔を睨《にら》みつつ、藤九郎は膝を駒瀬に近づける。

「兜が見つかったんなら、一件落着じゃあないですか」

「いいえ」しょんぼりしていた駒瀬も気を取り直し、「これに色恋沙汰が絡むのでややこしくなるのです」

「色恋ですか」

「ええ」

物事を複雑にするのは、好き嫌い惚れた腫れたと相場が決まっておりまする。

皆が兜を宝蔵に納めにゆくのをちらと横目に、師直は顔世に言い寄るのです。書いた恋文を懐に差し込むのも、ああ無粋。色恋というのは、いつだって人の格を貶《おとし》めるものですねぇ。そこへ戻ってきたのは若狭之助。邪魔を入れられた師直は悪口を吐きますが、これに怒った若狭之助、屋敷に帰っても腹の虫がおさまらない。ついには家臣に師直を討つつもりだと明かします。が、明かされた家臣はたまったものじゃございません。夜の内に金子に着物にと掻き集め、明くる日、直義公の御殿に現れた師直に歩み寄り、袖の下へとするり。それで師直は手のひらをお返しなさる。若狭之助にもべんちゃらを使って、若狭之助もそんな相手には刀を抜けない。腹の虫も落ち着いた。

しかし、新たに投げ込まれる諍《いさか》いの種も、ああ、またしても恋心。

ここで「麦湯はいかがでございます」と駒瀬が畳に茶を滑らせてくるのには、話の腰を折られた形でむうとなったが、駒瀬とそのお隣のお人に揃って膝を揃えられ、こちらも背筋を伸ばしてしまう。

「次より登場いたしますのはお軽と勘平。この私、駒瀬と隣の阿近が此度の芝居で演じる役所《やくどころ》にございます。ですから、きちんと耳の中に入れて置いていただきたい」

藤九郎が持っていた湯呑みを楽屋の畳にこちりと置くのが拍子木代わりで、

「お軽は顔世御前に仕える腰元ですが、その腰元には勘平のお手形がくっきり残っている間柄」

際どい口上に初蔵《うぶぞう》藤九郎の喉などは、ごくりと大きな音を立ててしまう。

顔世から師直への文を預かっているお軽は、門前までやってまいります。この文、実は、お軽が無理やりに顔世から頂戴《ちょうだい》したものでありまして、それというのも恋人勘平に会いたいがため。勘平は塩冶判官の家臣なのでございます。お軽が勘平へ、勘平が塩冶判官へ文を渡せば、お役目は終わりとばかりにそのまま二人、裏門へと参ります。

「……勘平は仕事中なのでは？」

「恋とはそういうものにございます」

そうして浮かれる者らがおれば、機嫌が泥底の者がいる。師直は今になって、若狭之助にべんちゃらを使った己にふつふつ腹が立ってきた。そこに通りがかったのは塩冶判官。顔世御前からの文を受け取り、舌を舐めずり文を確かめれば、至極雅《みやび》なお断りの和歌が一首。怒り狂った高師直、目の前の塩冶判官へと悪口を浴びせます。判官の太く柔《やわ》らかな堪忍袋の緒も、ついにはぴしりと切れる。判官は刀を振り上げた。しかし、切先は師直の眉間を掠《かす》るのみ。師直はその場を逃げ出し、騒ぎを聞きつけた大名たちが駆けつけて、判官は取り押さえられるのでありました。

無論《むろん》、判官は切腹、その領地も没収との上意が申し渡されたのでございます。

「ひでぇお沙汰だ。悪いのは師直じゃあないですか。今までのことを全てぶち撒けて申し開きをすべきです」

「いいえ、塩冶判官はそんな悪あがきはいたしません」

委細承知仕《つかまつ》ると羽織を脱げば、その下からは白の裃《かみしも》。武士の死装束にございます。清めた刀も用意をし、いや、待て、家老の大星由良之助《おおぼしゆらのすけ》が国許《くにもと》から戻るまでは。しかし、なかなか現れない。遅い、遅かりし由良之助。もはやこれまでと己の腹に刀を突き立てたそのとき、由良之助が姿を見せる。やれ由良之助、待ちかねたわやい。血の絡んだお言葉と共に渡されたのは腹切刀。由良之助はそれを主君の形見として押し頂き、無念の涙をはらはらと流すのでござります。涙の涸《か》れたその目に残るのは、仇討《あだう》ちのその一心。

ここに、忠臣の敵討の幕が開かれるのでございます。

そして皆様ご存じの通り、武士の手本となるべきこの芝居『仮名手本忠臣蔵』は、あの赤穂《あこう》義士の討ち入り事件が元のお話。

「本当に起こった事件を舞台に乗せているわけですか」

問いかけると、駒瀬は「ええ、そうですよ」と大きく首を縦に振る。

「勿論《もちろん》、事件はそのまま板の上には乗せられません。お上が目を光らせておりますからね。そこで名前をもじります。吉良上野介《きらこうずけのすけ》を高師直、浅野内匠頭《あさのたくみのかみ》を塩冶判官、大石内蔵助《おおいしくらのすけ》を大星由良之助といった芝居のいつものやり口で」

「そこらへんの筋立てはもうええわ」

魚之助の声に、駒瀬の背筋がぴいんと伸びた。駒瀬の方が上背はあるのに、でも、と駒瀬は魚之助に上目をつかう。

「でも、ここからが由良之助による敵討の面白いところで」

「肝要なんはあんたが出てくる幕とちゃいますか。そうやって正本《しょうほん》を己の言葉で一から書き起こしているんは、大した試みやとは思いますがね、一等大切なのは己の出る幕の筋立てをどう解いているかやないですか」

面倒くさくなりやがったな。藤九郎は横目で隣の魚之助を見やる。

先日頂戴したありがたいご指南を三日三晩嚙んで含めて、此度の芝居の筋書きを己なりに全て書き抜いて参りました。それをどうかお聞きいただきたいとの駒瀬の申し出に、頷いたことを余程後悔しているらしい。先ほどから扇子をしたんしたんと猫の尻尾《しっぽ》の如くに、畳に叩きつけている。一方駒瀬は、「はい！」と元気よく応じて、持っている紙束を捲《めく》り上げ、隣の阿近は膝から滑り落ちた紙を拾い上げてやっている。

「お軽と勘平は、判官の刃傷《にんじょう》事件は目にしておりせん。騒ぎを聞きつけた場所《ところ》は、屋敷の裏門」

ええ、お察しの通り、二人は情事の最中《さなか》。勘平は騒ぎを聞きつけ慌てて表門へと駆けつけますが、塩冶判官はすでに自らの屋敷に送られたという。色事にふけって主君の変事に居合わせなかったなぞ、武士にあるまじき振る舞い。腹に切先を定め、うんと差し込もうとしたその手を真白の手が引き留めます。どうかお待ちになって勘平様。ここでお腹を切って誰が見てくれるというのでしょう。私の実家にいらしてそこで時節を待つべきにございます。機《はた》も織ります、縫い物もします、と二人の暮らしを思い描いて頰を染めるお軽に、勘平は暫《しば》し考え、神妙に頷いた。

「二人は逃げ出したってわけですか？」

「時節をうかがっているのです。と、言いたいところではございますが、二人が夫婦となって暮らしていては、信じてはもらえますまい」

鎌倉より駆け落ちして、山城国山崎《やましろのくにやまさき》。勘平は猟師に身をやつし、鹿や猿などを鉄砲でしとめる毎日。そこに通りかかったのが、塩冶家の家臣、千崎弥五郎《せんざきやごろう》。これ、天の思《おぼ》し召しと勘平は敵討に加えて欲しいと頼み込む。敵討のための金子を集めている弥五郎に、勘平は用立てすると誓いを立てた。そして天の恵みは続くもの。月も出ぬ夜、山道で猪と思い撃った相手の懐の中には縞《しま》紋の布地の財布。底をざくざく揉んでみりゃあ、――五十両。

「ちょっと待ってください！　勘平は人を撃ち殺したんですか！」

「勘平は早速、その五十両を弥五郎へと渡します」

「盗人《ぬすっと》のどこが忠臣なのですか！」

「敵討のためなのです。一旦お目をつぶってくださいましな」

にっこり勘平が家へと戻ってみれば、お軽が駕籠で連れ去られようとしている。聞けば、お軽の父親である与市兵衛《よいちべえ》が勘平の仇討ちのための金子を工面するため、お軽を祇園《ぎおん》の茶屋へ百両で売ったとのお話。駕籠から出てきた茶屋の主人が言うことには、与市兵衛はすでに前金五十両を受け取っている。ほら、あたしの持っているこの縞紋と同じ財布でお渡しをした。だから娘さんを迎えにやってきたんじゃありませんか。これにお軽はついっと膝を合わせます。私も武士の女房、夫のためなら身を売りましょう。お軽を乗せた駕籠と入れ替わるようにして、猟師らが与市兵衛の屍体を戸板に乗せてやってきます。お軽の母親は泣き濡れますが、一方勘平の顔は青く染まる。先ほどの縞紋の財布、あれは己が殺した男の懐からいただいたものとよく似ていた。よくよく似ていた。であれば、己が鉄砲で撃ち殺した相手とは。この醜い舅《しゅうと》殺しに気づいたのは勘平だけではございません。怒る母親に殴られ蹴られ、畳に打ち伏せ耐え忍ぶ勘平ですが、ここで侍二人が訪ねくる。勘平はすっくと立ち上がり、出迎えた。この二人、先の千崎弥五郎と塩冶家家臣のもう一人。勘平は二人の前に両手をついて、亡君の仇討ちに己も加わりたいとそう申し出るのでございます。

「親父殿の殺しはそっちのけですか」

「それほどまでに勘平の敵討への思いは強かった。ですから、申し出を断られては、もう勘平に生きるよすがはございません」

勘平が届けた五十両を弥五郎は畳の上に滑らせる。つまりは、殿に対し不忠不義を犯した駆け落ち者からの金は受け取れないとの由良之助からのご返答。舅殺しも二人に明かされ、堕《お》ち切った己にできることはただ一つ。勘平は刀を抜いて、己の腹に突き立てる。

――亡君の御恥辱とあれば一通り申し開かん。

血が畳に落ちるそのてんてんを拍子に、勘平は語り始めるのでございます。

――いかなればこそ勘平は、三左衛門《さんざえもん》が嫡子と生まれ、十五の年より御近習《ごきんじゅ》勤め、百五十石頂戴いたし、代々塩冶のお扶持《ふち》を受け、束の間ご恩を忘れぬ身が、

――色にふけったばっかりに。

「もうええわ」

またぞろ差し込まれた魚之助の声に、駒瀬の口はすんなり閉じる。

「そこからは勘平の腹切り場でっしゃろ。あんたの演じるお軽は駕籠に乗ってもう茶屋へと向かっとる。そこまでで結構だす」

勘平の腹を切っての己語りが半端に打ち切られた形だ。藤九郎は続きが気になって仕方がないが、抱えていた紙束を放り出し、魚之助に向かってぴっちり膝を合わせる駒瀬を目に入れては、何も言えない。

「そんで駒瀬はんは、己の芝居にどれだけ工夫を入れ込んでんのや」と魚之助の方も珍しく真剣な面持ちで、駒瀬に芝居談義を持ちかけている。

「工夫、ですか」

「黙って聞いとったら、狂言作者の書いた筋をなぞるばかりで新しい台詞のひとつも入れ込んでないやおまへんか」

魚之助は煙管をこんと煙草盆に打ち付ける。灰が紙面に散ったが、魚之助はそちらを見ようともしない。

「台詞ってのは土台は作者が考えるもんやが、いただいた台詞をそのまんま舌に乗せるんでは、おもろない。台詞に言葉を足したり引いたりと、役者が己の頭を使って拵えなあきません。あんたは此度の芝居でそういう工夫を入れ込んだんかと聞いているんです」

「土台をそのままの形で磨くことも大事だとは思いますけど」

声のした方を見れば、姿勢を正した阿近が薄く刷《は》いたような笑みを浮かべている。

「あたしは駒瀬さんの土台の磨き方に、一目も二目も置いているんです。駒瀬さんの演じ方は正道だ。色んな工夫やら捨て台詞やらを盛り込んだって土台がしっかりしていなければ、それらを支えることはできやしませんからね。芝居には元々の素晴らしい型がある。それをわざわざこねくり回すことが、芝居にとって大事なことだとは思えません」

阿近の物言いは、魚之助の指南に真っ向から異を立てていた。だが、魚之助は「ふうん」と阿近を覗き込み、駒瀬には「まあ、どちらを選ぶかはあんたが決めたらよろし」と言い残してから、藤九郎の首に腕を回した。

そのまま楽屋を出、小屋も出た。藤九郎は大通りを歩きながら、背中に向かって口を尖《とが》らす。

「あんなにきつく当たらなくてもいいじゃないですか。お軽役を貰ってるんですから、駒瀬さんも腕のある女形なんでしょう」

楽屋を出る前、早速紙束に赤の筆を入れていた若女形の姿はひどく健気に見えた。だが、背中からはふん、と鼻息が寄越《よこ》される。

「腕なんぞどこについとんねん。あれは大根。女形として全くあかん」

「そうなんですか」

「芝居の勘所がまったくわかったらへん。もっとあれこれ言ったったらよかったわ」

これじゃあお役御免はまだまだ先だな。藤九郎はため息を吐くが、己の口端が一寸ばかり緩んでいるのには気づいている。今朝方指名のあった御御足役にくわえて繕い役も、やはり己が担わなければいけないお役目のようだ。

「駒瀬さん、いいお人じゃないですか。魚之助のことをあれほど慕ってくれているんですから、そう邪険にすることたぁないでしょう」

「役者がいいお人である必要がどこにあんねん。性根が悪くとも、悪行の限りを尽くしても、芝居のお上手なお人やったら、あたしはしなだれかかって口吸いまでしたりまっせ」

「笑えねえ転合だ。役者なら何をしたっていいと言うんですか」

「それが芸のためやったらな」

軽い口振りで言い放つ魚之助に、藤九郎は呆れ返ってしまう。

「そんなの道理が通りません」

「道理ねえ。あんたの言う道理いうんはどこで習った？　どなたが決めた？　果たしてほんまに正しいものなんでっか」

気をつけえ。魚之助は口元を藤九郎の耳たぶに寄せてくる。

「芝居国には芝居者だけが使う道理ってのがある。死人の着物を衣裳に使おうとして湯灌場買いの振りをする人間も芝居国にはおるんやから」

「……円蝶さんのところへ行けばいいんですね」

応えると、今日の信天は察しがええわ、と機嫌のいい声を出した。

屍体の傍に落ちていた手拭いの紋は、やはり円蝶が使っている芝居紋の中の一つだった。それがわかった途端に、魚之助は円蝶に会いにいくと言ってきかなくなった。いや待て、と藤九郎はもちろんその袂を引く。屍体が持っていた手拭いに円蝶の芝居紋が入っていたからといって、客殺しに円蝶がかかわっていると考えるのは無理がすぎる。すると魚之助はにっこり笑って、ちゃうちゃうと言った。ちゃうちゃう、円蝶にちょっとお話を聞くだけや。文次郎の連れ立ち人が蝶屋の贔屓かもしれへん、ここ最近で何か気になる贔屓はおらへんかったかと聞くだけやがな。嘘だと藤九郎は思った。藤九郎には魚之助が己の芝居への執着に、事件をこじつけようとしているように見えてならない。やっぱりこの女形の傍には己が付いて、同心の役柄を思い出させてやらねばいけないようだ。

急《せ》かすようにきゅっと首に爪を立てられて、藤九郎は我に返った。急ぎ市村座へ足を向けようとしたそのとき、

「あの」と躊躇《ためら》いがちな女子の声が背中にかかった。

項《うなじ》で魚之助にうかがえば、てん、と尻を蹴られて藤九郎は合点承知でひとつ頷く。

「すみませんが、お嬢さん。白魚屋は少々急いでおりましてね、役者絵をお持ちになっておられても筆を入れる暇がない。今日ばかりはご勘弁を」

「白魚屋？　いえ、私が用があるのは、藤九郎様でございます」

思っても見ぬ返しに思わず振り返ると、そこには女子が一人立っている。そのお顔作りは素朴だが、頭の簪、帯から提げられた根付に巾着袋《きんちゃくぶくろ》などは人より二、三個多めに付けるのがお好きなようで、辞儀をするとじゃらりと擦れる音がする。だが、そんな小物の重さにも体は揺れることのない芯の入った立ち様で、

「どうしてもあなた様に御礼が伝えたくって、失礼と思いながらも声をかけてしまいました」との声にも張りがある。

「俺なんかに御礼とは……」

もう一度目の前の女子を見、はて、その帯から垂れている根付はどこかで見たことがなかったか。頭の中を浚《さら》ってみる藤九郎に、女子は一足歩を進めてくる。

「藤九郎様は新吾様のために鳥のお話を色々としてくださったと聞いております。おかげで新吾様も一層小道具作りに身の入ったご様子でして、隣りで見ている私も嬉しくなりました。ですから、藤九郎様のお姿をお見かけしては居ても立ってもいられずに」

そう早口でまくし立ててから、女子は襟元をしゃっきり扱《しご》く。

「申し遅れました。私、名前をおけいと申します。本郷《ほんごう》を三丁目、小間物屋玉名屋の娘にございます」

ああっと大きな声が出た。

「あなたがおけいさん！　新吾からよく話を聞いておりますよ」

なるほど江戸でも指折りの大店の娘とあっちゃあ、この貫禄《かんろく》のある立ち振る舞いにも説明がつく。と思いきや、

「新吾様が私のことをお口にのぼらせてらっしゃったなんて」と、顔をぽうっと赤らめるのは、大変お可愛らしい。

「なにかお芝居でご入用のものがございましたら、なんなりとお伝えくださいませ。新吾様出入りの小屋のためなら、私何でもご用意いたしますもの」

「そうまで言うのやったら、そこを退いていただけるとありがたいんやけれど」

背中から聞こえてくる声は優しいが、肩口に乗せられた細顎がぐりりと肉を抉《えぐ》ってくる。

「蝶々にひらひらと逃げられたら困るさかいに」

「蝶？」お多福の頰に人差し指をそえてから、おけいは軽く手を打った。「円蝶様のことですか。それなら白粉《おしろい》を配り終えていらっしゃったので、小屋に戻られている時分かと」

こちらが問いかける前に、ほら、これです、と巾着袋から手拭い包みを取り出す。

「時折、山崎《やまさき》町のお稲荷《いなり》の前で蝶屋の贔屓にこうして白粉を配っていらっしゃるんです」

役者は兎にも角にも人気商売。名前を売るため己の店を持つ者も少なくない。扱う品は様々だが、化粧水に白粉、紅などは、客の目の前で肌にぴったと塗り込んで、ほら、どうぞ触ってみてくださいまし、とやれば、三つも四つも買っていくお客がいるらしい。くわ

えて、白粉を包む唐紙には己の絵姿を大きく載せて、紙の隅っこあたりに小屋の名前と己が出る幕をさらりと書いておくものだ。

手拭いを開いて現れた包紙にも、案の定、梅の小枝を持った円蝶の舞姿。小枝の天辺《てっぺん》では、鶯《うぐいす》が己の羽を手枕に、気持ち良さそうに昼寝をしている。

「おけいさんは円蝶贔屓で？」

藤九郎はぐうっと前のめりになる。なにせ客殺しに円蝶が絡んでいるかもしれないとの疑いが出てきたところだ。今日初めて会った相手といえど、あの女形との繋がりがあるのなら早々に鋏《はさみ》を入れておかねばならぬ、と気合を一丁込めたものの「いいえ」と何でもないように返されて、拍子が抜ける。

「ただ、円蝶様の白粉にはこれからお世話になりますから、頂けるときに沢山頂いておきませんと」

おけいは白粉を手拭いに包み直すと、丁寧な手つきで巾着袋に入れる。

「それに、私は新吾様のために可愛くあらねばなりませんので」

巾着袋の紐《ひも》が軋《きし》むのは、中にしこたま白粉が詰められているからに違いない。藤九郎はその音に胸がほわりと温かくなった。だというのに、魚之助ときたら、おけいがその場からいなくなるなり、「重いわ、重い重い」と歌うように言ってくる。

「新吾とやらはお前が乳繰りおうとるお友達やったか。えらい女子に捕まってしもてお可哀想に。あの様子じゃあ、誰彼かまわず女房面を見せとるで」

おかんむりだな。藤九郎は耳の裏あたりで怒気を受けるが、これは早々に察しがついていた。おけいは藤九郎に声をかけてから別れるまでのその間、魚之助の名前を舌に乗せることはなかった。元名女形の矜持《きようじ》は傷つけられたに違いないが、しかし相手は己の大切な友人の惚れた女子だ。魚之助の吝《けち》に頷くことはできかねた。

「そうですか？　俺は健気な女子だと思いましたよ。女房面だって、そのままお顔に馴染《なじ》んじまえば忠臣蔵のお軽さんのように夫婦になるかもしれませんし」

「お軽ねえ」

魚之助は何やら含みのある返しをしてきたが、そんな小さな声は市村座に近づけば、一瞬の内に吹き飛んでしまう。

米俵や酒樽が山なりに積み上げられた積み物は、小屋へ押し寄せる客の足波にぐらぐらと揺れ、小屋表にこれでもかと掲げられている看板の数々は、人熱《ひといきれ》に湿って紙端が反り返っている。鼠木戸《ねずみきど》の横に設《しつら》えた木戸台で呼び込みをするはずの木戸芸者も、お客の押し合いへし合いに、そこな旦那は右へ三歩、そこな奥方は左へ二歩と喧伝《けんでん》はそっちのけで指示する始末。藤九郎も市村座前までは来たはいいがどうにも進めず、一本入った路地裏で尻込みしているというのに、背中のお人といったら呑気《のんき》なものだ。

「こりゃあ、中村座の独参湯《どくじんとう》の効き目もますます薄れるばかりやな」

「先日来たときよりも明らかに客が入っていますよ。助六ってのは、こんなにも人気の演目だったんですねえ」

「この江戸で助六を好まん江戸者はおらん。せやから筋を変え、外題を変えて何度も小屋にかけられてきた。此度の『助六廓櫻賑《すけろくくるわのはなみどき》』もええ外題やってのに、その看板をもう少しで外さなあかんのですから、勿体無《もったいな》いこってすなあ」

んふふ、と笑っている魚之助は未《いま》だ乗り込む気でいるらしい。藤九郎はおずおずと声をかける。

「円蝶さんに話を聞くのは、芝居が終わった後に出直すことにいたしませんか」

「なんでこのあたしが、あいつの都合をつけたらなあかんのや」

「そうは言いましても」と語尾を濁してしまうのは、己に非があるからだ。思いがけずのおけいとの立ち話で時を食い、円蝶が小屋へ乗りつけた駕籠から足を下ろすその手前で捕まえる算段がおじゃんになった。今は名題下《なだいした》の役者が板に上がっている時分だが、円蝶の楽屋は表方衆の出入りで大わらわに違いない。

しかし、魚之助はふうん、と鼻を鳴らして、

「市村座はあたしが舞台を降りてから、火事におうてはおらへんな」

「え、ああ。おそらく」

「そんならいけるな」

肩口から伸びてくる指の通りに小屋の横手へ回り、天水桶《てんすいおけ》の陰にしゃがみ込んでみれば、小屋の屋台板の上から薄い木板が打ち付けられている。それを思い切り引き剝《は》がすと、人一人が這って進めるくらいの穴が空いている。

「あたしが市村座に勤めているときに使うたすっぽんもどきや」

妖怪やら幽霊やらの化け物は舞台に現れる際、人とおなじく花道をととと、とは走って来ない。花道の途中に空けられた小さな切り穴を使って舞台下からせり上がって来る。この穴をすっぽんと呼ぶことは、流石の藤九郎も頭の抽斗《ひきだし》を引かずとも知っていた。そのすっぽんを横に倒すようにして作られた穴だから、おそらくもどきがくっついているのだろう。

「この穴は立女形の楽屋まで続いとる。平生《へいぜい》を女で過ごす女形には誰にも見せられん一人支度の時間があるさかい、そこに押し入ったったらええ」

「今日までよく塞がれませんでしたね」

「この穴のことを知っとる人間は限られとる。当時の大道具の棟梁《とうりょう》にあたしが直々に無理言うて作らせたもんやからな」

こういう我儘が通る女形だったのだと、藤九郎はすっぽんもどきを四つん這いで進みながら、前を行く尻を見る。ほら、見ろ。垂れてなんぞいやしねえ。藤九郎はなぜだかそう言ってやりたくなった。つんと上がってきゅっと小振りで、女形にふさわしい。そう思ったとき、魚之助の尻がすっぽんもどきの壁にこすれるのを目にして、藤九郎は思わずふいと視線を反らした。

そのまま進んでいたものだから、急に止まった魚之助の尻に頭から突っ込んだ。

謝ろうとしたその口をやけに熱い手のひらで塞がれた。こちらを振り返っている魚之助の爛々《らんらん》目玉が動く通りに、左の壁へ耳を付けてみれば、

「どうかお考え直しくださいませ」と聞こえてきたのは、目当ての女形の涼やかな声。

「いつまでもぐちぐちと五月蠅《うるせ》えったらありゃしねえなぁ。なにがそんなにご不満でえ」

とこちらは助六役の通りの良い声。だが、

「板に乗せるにしてもそれなりに道理があると言うんです」と続けられた声は、涼やかというより首筋に氷を当てるような冷たさで、

「おっと、俺は一体誰に説法をとかれているんだね」と返される声は通りが良い分、嘲《あざけ》りを含んでいるのがよくわかる。

どうやら役者が二人、言い争っているらしい。

「何が言いたくていらっしゃる」円蝶は吐き捨て、

「俺ぁ、聞きてえのさ。湯灌場買いの真似をして、仏の着物をいただいているのは道理に適《かな》っているって、そういうわけかい」助六役はせせら笑う。

藤九郎は息を呑む。

舞台の上では、喧嘩でさえもお互い語尾が甘やかに濡れていたというのに、立女形の楽屋の中では互いが強い口調で言い立てて、言葉が重なるたびに、火花が畳に散っている。

まあ、いいさ、と断ち切るような助六役の言葉があって、ゆったり足音が遠ざかる。

「お前さんと道理問答をする気はねえや。今日の俺の仕内はお前さんの芝居にゃ関わってはこねえんだから、こっちは好きにやらせてもらうぜ」

しばらく沈黙があってから、わいわいと人の声が一気に増えたのは、円蝶が楽屋に裏方

衆でも呼び込んだからだろう。藤九郎は頬の内側で温《ぬる》まった空気を静かに吐き出す。

「何を企《たくら》んでいるんですかね」

「なんやろねえ」

薄暗闇の中でも、魚之助の口端の上がっている時の声はわかりやすい。

「蝶々取りは今日はお預け。芝居でおもろいもんが見られそうや」

急ぎすっぽんもどきを取って返して、市村座の木戸口で木戸札を差し出す。購ってたんですか、と聞くと、まあなとしゃらり返された。事件の調べを進めるためであったのか、上上吉の若女形の芝居を見たかったからなのか、どちらかわからなかったが、聞くのはやめた。

桟敷席に尻を置くなり、とざい、とーざいの声がかかって幕が開く。すっぽんもどきで盗み聞いた企み事が気にはなったが、ひとたび三味線がてんと鳴っては、芝居に心を持っていかれる。

なんせ助六は相も変わらず粋尽くしで、先の楽屋内での片鱗はみじんも残っちゃいない。敵役髭《ひげ》の意休《いきゅう》をばっさり斬るところなんて、胸に櫻《さくら》を纏《まと》った一陣の風が吹くかのように清々《すがすが》しくて――、
藤九郎は目を見開く。

「へえ」

と、隣で魚之助が声を上げる。やっぱりこのお人の口端の上がっている時の声はわかりやすい。

「こいつはおもろい趣向やないの」

おもろい。これをおもしろいと言ったのか、このお人は。

どんな顔してそんな言葉を口にしているのか見てやりたいと思うのに、藤九郎の目玉は舞台に吸い付いて離れない。

舞台の上では助六が、意休の耳穴に簪を突き立てている。

円蝶が考え直せと言っていたのは、このことか。

現に起きた殺しを舞台の上に乗せる、などという道理の外れた芝居の仕内のことか。

すぐさま意休はばっさり斬られたが、藤九郎の胸には風など吹かない。背筋をぞわりと何かが走り抜ける。このぞわりは怖気《おぞけ》か興奮か。これの違いは紙一重。薄紙一枚分、藤九郎のぞわりは怖気に寄ったが、この芝居小屋にいる人間たちのぞわりは興奮に寄ったらしい。小屋の中はやんややんやの歓声が鳴り止まない。

そのときだ。

藤九郎の握り締めた拳《こぶし》の上に何かがひらりと落ちてきた。

それは手の甲に触れるや否や、湯に砂糖が溶けるが如くに消えてしまう。

櫻だ。櫻の花びらが次から次へと舞い落ちてくる。

「こいつはすげぇ……」

天井を見上げても、どんな仕掛けも見当たらない。だのに、小屋中に櫻の花びらが舞っている。

「お上が伴天連《バテレン》の秘法を使っているんじゃないかと調べを入れてくる理由が今日わかりましたよ。こんな外連《けれん》、見たことがねえや」

先の道理の外れた仕内はまだ目に焼きついてはいたが、この仕掛けを目にしては舌に載せずにはいられない。客のやんやも殊更盛り上がり、さあ、こいつを芝居でどう天辺に持ってきてくれるのやらと舞台を見れば、役者らの口があんぐりと開いている。

「ちゃう」

藤九郎は魚之助を見る。

「ちゃうって何がです？」

「こいつは外連やない」

魚之助は天井を睨みつけている。反った喉の真ん中で喉仏がこくりと動く。

「こいつぁ、怪異や」

そう告げられても、藤九郎はなぜだか体に降りかかる櫻の花びらをふり払おうとは思えなかった。

なにがどうとは説明できない。だが次から次へと舞い落ちて人の視界に入ろうとするその様が、必死でそして、健気に見えた。

「どうやら中村座の客殺しには妖怪が関わっていることで間違いあらへんようやね」

呟いた魚之助の唇の上にもはらりと乗って、溶け消える。

櫻の花びらは未だ降り止まない。

市村座で起こった奇跡の櫻吹雪《さくらふぶき》は、次の日にはもう読売に、芝居のお稲荷《いなり》様の寿《こと》ぎ《ほ》だの、大地震《おおなえ》の前触れだのと好き放題に書かれて、江戸中にばら撒《ま》かれていた。ここでその版元にかけあって、読売の刷りを倍に増やした市村座の座元は大したものや、と魚之助は言う。

助六が芝居に入れ込んだあの殺し様、本来ならお上からお呼び出しをくらうところやが、読売を出回らせて有耶無耶《うやむや》にしおった。世間の噂を使うて煙《けむ》に巻く、いや櫻吹雪に巻いた形やな。おかげでお上からのお咎《とが》めは今のところないらしい。

その読売を新吾はいの一番に購《あがな》ったそうである。工房の職人らで読売を囲み、あれやこれやと意見を出しあったが、三日前の櫻吹雪の外連《けれん》の仕掛けはまったくもってわからないのだと、新吾は腕を組む。

「職人の一人なんかは、自分の目で確かめないと信じられねえと言って次の日、芝居を観に行ったんですが、櫻はもう降ってはこなかったそうで。あの一回こっきりってんだから、市村座も面白い趣向を拵《こしら》えるもんですよ」

それじゃあ、と藤九郎は対面に座る新吾に膝をにじり寄せる。

「新吾たち道具方まわりで、ああいう仕掛けを作っているってな噂はちっとも上がっていなかったわけだな」

「仕掛けってのは大掛かりであればあるほど、人の手がいる。だけど人ってのは手だけでなく口がついているからな、来月はどこぞの舞台で火の見櫓《やぐら》が立つ、戸板返しがあると漏れ出るものなのさ。なのに此度《こたび》はあれほどの仕掛けを拵えておいて噂の一つも立たなかったと、こうして驚いているんじゃないか」

悔しさの滲《にじ》んだ新吾の応《こた》えを受けて、藤九郎は隣の魚之助にちらと目をやった。

魚之助は湯飲《ゆの》みで口元を隠しながら、せやから言うたやろ、と声無く唇を動かす。あのあと櫻吹雪の騒動でごった返す小屋を抜けながら、魚之助は藤九郎の背中でつらつらと語った。

この前、市村座で芝居を見た際はこんな事態は起きなかったこと、耳穴に簪《かんざし》を突き立てる趣向を取り入れて初めて起きた事態であること。

つまり、あの櫻吹雪は、妖怪《ようかい》の仕業で間違いないこと。

「だけど、此度の大仕掛けにはやられたよ。あんなものを打ってこられては、こちらも一層仕事に身が入るってもんだ」

いつもは折り目正しい新吾がぴしりと己の膝を打つ。どうやらこの小道具狂いは、他座の仕事振りに焚《た》き付けられたご様子で、帯から垂れている根付をくりくりと弄《いじく》っている。

その根付の彫りを見て、藤九郎は思い出す。

「仕事を頑張れば、玉名屋さんに認めてもらえるかもしれないしな。あれだけ好かれているんだ、存外すんなりと添わせてもらえるんじゃねえのかい」

訝《いぶか》しげな顔に、おけいちゃんだよ、とにんまり応える。

「おけいちゃんについ最近お会いしたんだよ。とってもいい娘《こ》じゃないか」

途端、新吾の眉間《みけん》に皺《しわ》が二本刻み込まれた。その皺のあまりの深さに、すまねえ、と謝罪が口からまろび出た。

「もっと早くに伝えておくべきだったよな。だけど聞いておくんな。おけいちゃんとは示し合わせたとかそういうんではなくって、たまさか会っちまっただけで」

「そんなこたぁ知っているよ。そいつを話の種にして、おけいさんが工房まで押しかけてきたばかりだからね。芝居で入り用な道具があれば自分を頼れ。仕事を詰め込みすぎちゃあいけないよ。私はあなたのためならなんだってするると、この調子だ」

捲《まく》し立てる新吾の口端に涎《よだれ》の泡ができている。根付の紐《ひも》にぎりりと爪が立っていて、たまらず藤九郎は口を出す。

「新吾を心配していなさるんだろ。そんなこと言っちゃあばちが当たるぜ」

「そうだよ、心配してくだすっている。心配だからと拵えた弁当を工房に届けにきて、お仕事振りを見たいと工房に居座って、おかげ様でその日は帳箱の一つも完成しなかった。どうにか帰ってもらったがそのあとで親方から剣突を喰《く》らって、こっちはもう散々なんだよ」

「そいつはえろうお可哀想にねえ」

揶揄《やゆ》の滲んだ横槍《よこやり》をすぐさま横目で睨《にら》んだが、新吾はそうでしょうとばかりに魚之助へと膝をにじり寄せてくる。

「初めて会ったときにはこんな女子《おなご》だとは夢にも思わなかったですよ。やっぱり女子には甘い顔をするもんじゃない。魚之太夫に俺の心の内を聞かせるんなら、色にふけったばっかりに、ってなもんですよ」

そう吐き捨てる親友の顔は見ちゃおれなかった。藤九郎は魚之助を強引に背負《しょ》い込むとそそくさと工房をあとにした。道をざくざくと進みながら、口をへの字にひん曲げる。

なんでえ、そうまでけなさなくたっていいじゃねえか。

女子が男にべたに惚《ほ》れ、ちょっとばかり周りが見えなくなるなんて、よくあるお話。恋とはそういうものだろう。忠臣蔵のお軽を見てみねえ。逢引《あいびき》をしていたために刃傷場《にんじょうば》に間に合わなかった勘平が項垂《うなだ》れる中、惚れた男とのこれからの生活に顔を赤らめるお軽は、とってもお可愛らしい。

おけいも惚れた男の友達のためならばと、円蝶が白粉《おしろい》を配る場所は何処何処《どこどこ》、幕の終わりは何時何時《いついつ》と事細かに紙へと書き記してくれた。それに従って足を運んでみれば、ほら見ろ、稲荷の前には蝶《ちょう》の刺繡《ぬい》が入った薄浅葱《あさぎ》の小袖《こそで》姿。周りを五人ほどの若い女子が囲んでいて、きゃらきゃらと笑い声を上げている。

こうして円蝶を捕まえられるのも、おけいちゃんのおかげじゃないか。

苛立《いらだ》ち混じりに藤九郎はわざと背中を揺すってやったが、魚之助にとってはただの武者震いにしか感じぬようで、

「そこの女形はん、あたしもひとつ白粉をもらわれへんやろか」と円蝶にかけた声はぎらついている。

あら、と紫縮面《ちりめん》の野郎帽子《やろうぼうし》をのっけた頭がゆるりと振り返る。

「白魚屋さん、でございましたか。こんなところでお会いできるだなんてああ、うれし」

そんなこと、鶉《うずら》の涙ほども思っていない顔をして、ほのかな笑みを口元にのせる。だが、周りの贔屓《ひいき》たちは年が若いからか、今ひとつ白魚屋にぴんときていない様子だ。首でも捻《ひね》られては魚之助の癇《かん》の虫が暴れ回るに違いない。藤九郎は円蝶にずいと体を寄せる。

「突然で申し訳ありやせんが、円蝶さんにちょっとお聞きしたいことがございまして」

橋の下で見つかった屍体《したい》のそばに、蝶の紋入りの手拭《てぬぐ》いが落ちていたとの噂を小耳に挟んだ。これをまず聞く。なんの証立《あかし》てもないこの話に、相手はしらばっくれてくるはずだ。こちらは矛を収める振りをして、話を件《くだん》の櫻吹雪へと寄せていく。蝶の紋入り手拭いと市村座の怪異の間に何かしら糸がかかれば、客殺しの新しい取っ掛かりが見えてもこよう。

挑みかかった藤九郎に、円蝶は困った顔をする。

「もちろんお引き受けいたしますけれど、ここでは少々お耳が多く――」言いかけ、円蝶は藤九郎を見た。短くまばらなまつ毛がしぱりと瞬く。

「そういえば、藤九郎さんは今月市村座にかかっている助六を、ご存じないとおっしゃってはおりませんでしたか」

え、と呆《ほう》けた声が出たが、

「円蝶さまの揚巻を見ておられぬのですか！」

甲高い声がかぶさって、途端わらわらと女子たちが群がってくる。

助六の筋を知らないなんて江戸者とは思えない。円蝶さまの白粉を手にする資格もございません。今すぐ市村座の木戸札を購いなさいと云々《うんぬん》かんぬん、これまでこちらを遠巻きにして眉を顰《ひそ》めていた女子たちが、助六と聞いては黙っておられぬようになっている。

「わたくしは一寸《ちょっと》ばかり、この背負われているお人とお話がありまして。どうでしょう、その間、贔屓の皆々様から藤九郎様へ助六の筋立てをお伝えいただくというのは」

贔屓の役者からこんなことを言われては気合が入るのも仕方ない。女子らは鼻息を荒くしている。ぺちゃりと小さい鼻からも、摘《つま》んだように高い鼻からも一様にふんすふんすと漏れていて、そこには恥じらいなど微塵《みじん》も感じない。芝居の世界に足を踏み入れてからというもの、このような好きの気持ちの強さにはいつも驚かされてばかりいる。

背中の魚之助をうかがえば、くいっと顎《あご》をしゃくられる。その顎の先をたどって、稲荷の台座へと座らせた。円蝶の企《たくら》みに乗ってやるおつもりらしい。人の目を気にするお人だ。そう簡単には癇癪玉《かんしゃくだま》を弾《はじ》けさせはしまい。二人の姿は目の際に入れておくことにして、藤九郎は女子たちへ向き直る。こちらもふんすと気合が入った。すでに数回目にしている芝居ではあるが、頭の中の芝居簞笥《だんす》の取手を摘む指先には力が入る。なにせ芝居好きの口から直《じか》に聞ける芝居話は濃厚で、抽斗《ひきだし》をいっぱいにしてくれるのだ。くわえて、客殺しの事件を解くきっかけにもなるだろうし、と考えて、おっとちげえ。藤九郎は己の額をぺしりと叩《たた》く。己の芝居簞笥を肥やすことより客殺しの解決を先に持ってこなきゃ駄目じゃないか。

「ときは当世」

弾んだ声に藤九郎は顔を上げる。紺藤、鴇《とき》色、大和柿《やまとがき》。目の前に並んだ着物は鮮やかだが、蝶の紋の入った薄浅葱の帯は皆一緒。それをびしりと扱《しご》く様子は、まるで三味線の弦《いと》をきりりと締める囃子方《はやしかた》。

「ところは吉原《よしわら》」

別の声が続いたかと思ったら、

「朱塗りの格子が張り巡るお店の名前は三浦《みうら》屋。江戸でも極上上吉の遊女屋にございます」

我が我がと色取り取りな声が連なってくる。

「花道を歩いてくるのは花魁《おいらん》道中。高下駄をからりころりと八文字に動かす遊女を先頭にして、遣手《やりて》に新造《しんぞ》、お布団や煙草盆を捧《ささ》げ持つ店の者が続きますが、これには目が惹《ひ》かれません。花魁が手を肩に乗せる牛《ぎゅう》役の役者で顔のいいのが一人二人いるくらい」

「その間、あたしは弁当を食べることにしているんだがね、やっぱり円蝶様の揚巻が花道に現れなさると、自然と箸《はし》が止まっちまう。酒に酔ってぽおっとなっているお姿は、女のあたしでも喉《のど》が鳴る」

「ここで、髭《ひげ》の意休の野郎の登場だ」

「野郎だなんて言うんじゃないよ。お供の若い衆と遊女白玉《しらたま》を引き連れて、床几《しょうぎ》にどっかと座るのは飛び切り格好いいじゃないか。金回りもいいんだから、廓《くるわ》にとっちゃあお大尽様だ」

「だからって揚巻の恋人の悪口を口にしちゃあおしまいさ」

「お前の恋人は掏摸《すり》だ。そこらで誰彼構わず喧嘩《けんか》をふっかけ、そのたびに相手の刀に手をかける。揚巻、と嗄《しやが》れた声で意休さんは仰《おつしや》る。お前は泥棒男と一緒になるつもりなのか」

「揚巻はかちんときなすった。ほうら出ますよ、悪態の初音だ」

「もし、意休さん、お前と助六さん、こう並べて見るときは、こっちは立派な男振り、こっちは意地の悪そうなお顔付き、たとえて言わば雪と墨、硯《すずり》の海も鳴門《なると》の海も、海という字は一つでも、深いと浅いは客と間夫《まぶ》、暗がりで見ても、お前と助六さん、取り違えてよいものかいなあ」

「普段上品な揚巻さんがおっかなびっくり一所懸命啖呵《たんか》をつくってのが、心を打たれるんだよねえ。さあ、揚巻さんは三浦屋へ引っ込む。代わっていよいよ助六様のお花道」

「蛇の目傘、紫の鉢巻、墨羽《くろは》二重《ぶたえ》のお着物が粋《いき》だよねえ。足を開いて腰を落としゃあ、赤の褌《ふんどし》が見えるのが格好いい。私の亭主にも同じのを買って帰ったんだがね、やっぱり助六様とじゃあ月とすっぽん」

「三浦屋前に居並ぶ遊女連中が吸いつけ煙草を次々と助六様に差し出します。わたくしが己の唇で火をつけた煙管《キセル》を助六様が口に咥《くわ》えて吸ってくださる。想像しただけで胸がどきどきいたします。意休も遊女へ煙管を所望するのですが、煙管がもうございません。それを見て、助六様は足指に挟んで意休に渡そうとする」

「おや、そんな風に眉《まゆ》を寄せるだなんて真面目なお人だね。まあ、確かに助六は、金もなく揚巻に何でも集《たか》る放蕩《ほうとう》男だけどもね、意休に喧嘩をふっかけるのには、きちんとわけがあるんだよ」

「しかし意休も大物だ。助六が意休の手下《てか》の頭にうどんをぶっかけおちょくっても、乗っては来ねえ。遊女らも意休も引っ込んじまった。そこに白酒売の新兵衛《しんべえ》とやらが花道に現れる。このお人が、和事で飛び切り上品なんだよ。あたしは乱暴者の助六より、断然この新兵衛様が好みだね」

「助六は新兵衛の顔を見て仰天だ。なぜって、このお人は曾我十郎祐成《そがのじゅうろうすけなり》、すなわち助六のお兄さんなんだよ」

「駄目駄目、あなたはそうやってなんでも先を急いじまうから、いけないんです。助六ってのは曾我五郎時致《そがのごろうときむね》だ。ほら、こうして名前が二つ揃えば、ぴんと来るでしょう。鎌倉時代の仇討《あだう》ち話、曾我物語を知らなきゃ、あんたは今日から江戸者を名乗れやしないよ」

「兄は弟の無法な喧嘩三昧《ざんまい》を叱りにきたのでございます。なんせ一族の宝刀、友切丸《ともきりまる》が紛失し、その責任を兄弟の義理の父が負わされている状況。ですが、助六には言い分がございます。その刀を詮議《せんぎ》するため、俺はここで他人に刀を抜かせておりまする。抜かせるために相手を怒らせる、相手を怒らせるために喧嘩を吹っかける、とそういう次第で」

「そこに現れるのが、兄弟の母親に揚巻だ。母親は喧嘩はならぬと言い置いて、新兵衛と共に舞台を去るんだが、ここの揚巻を好きな男どもが多いのなんの。恋人の母親に尽くす世話女房振りがいいってんで、でれりとしやがる」

「でも女子はそのあとの助六と揚巻の痴話喧嘩が好きだよねぇ。意休と寝ただの女郎から唐傘を貰っただの散々《さんざ》言い合い、エヽ憎らしいと放った言葉にエヽ可愛ゆらしいと返されて、思わず抱きついちまう揚巻さんにはわっちもでれりだ」

「舞台の上ででれりとすんのは、意休さんだ。床几に座る揚巻の隣に腰掛け口説く。その時、揚巻の裲襠《うちかけ》の陰に隠れて床几の下に潜む助六様は、意休のふとももをついっとつねる。お可愛らしい嫉妬《しっと》でござんしょう。気づいた意休は助六に説教をいたします。何をやっているのだ、時致と」

「うふふ、あんた、いいお顔をしてくれるね。そうだよ、意休ははなから、助六の正体を知っていたのさ。母親の言い付けでおとなしい助六に意休は気をよくした。お手持ちの香炉台を見せて言い放つ。兄弟力を合わせるが大切。もしも兄弟離反すれば、ほらこのように」

「香炉台を真っ二つにした意休の刀の銘が一瞬ひらめく。そいつを助六は見逃さねえ。ここにあったか、友切丸！」

「助六は意休を斬り殺す。先の舞台で耳穴に簪を突っ込まれていたのはちと哀れにございました」

「意休の屍体はすぐに見つかります。捕手に追われ、助六は天水桶《てんすいおけ》の中にざんぶと潜って身を隠す。この助六の浸《つ》かった水をびいどろ瓶に入れて売り出すんですから、芝居小屋ってのは性《たち》が悪うござんすよ。そんなの買わずにはいられないもの」

「桶から出てきた助六を揚巻は裲襠の中にお隠しになる。ここからの濡《ぬ》れ場は、思い出すだけで体が火照《ほて》ってくるよねぇ。揚巻は助六に気付けの水を含ませて、肌を合わせてじっと抱きしめなさるのさ」

「気が付いた助六は揚巻に顔を寄せ、助かったぜとそっと言葉をその貝がらの如くのお耳に入れて、お別れになる。これにて幕切れでございます」

そこで興奮した女子たちが自分の袂《たもと》をぱたぱたとやるのは、まるで女子なりの柔らかな拍子木で、藤九郎はふふと笑みを溢《こぼ》した。助六と揚巻の恋物語は、江戸の娘たちの心をぎゅうと鷲《わし》摑《づか》みにしているようだ。そういや忠臣蔵の勘平とお軽の悲恋とも言える恋物語も、女子らに人気と聞いている。そんなことを思いながら、稲荷の台座に近寄ると、横座りの魚之助がにっこりと笑いかけてきた。

「どうや面白かったか」

「そりゃあもう。やっぱり芝居の話は芝居好きから直に聞いた方がいいですね」

「えらい喜び様ですなあ。なんか気づかへんか、あんぽんたん」

「なんです」

「逃げよったで」

藤九郎は周りを見回す。蝶の紋が入った背中はどこにもない。振り返ると、蝶の紋入り帯が並んだ景色も消えている。

「あたしが一人になった途端、すたこらや。なんやえらい自信満々に台座に降ろしてくれるさかい、円蝶の袂くらい握りしめといてくれるんかと思とったら、助六の話が始まるなり、そっちのけなんやもの」

「……すみません」

「まあ、ええ」

魚之助は両手を突き出し、藤九郎の首根っこを手繰り寄せると囁《ささや》くように言う。

「逃げた女の一人がぷんと気になる匂いをさせとったからな」

「匂い、ですか？」

思わず魚之助に顔を近づけると、細い指できゅうっと唇を摘まれる。

「次は山椒《さんしょう》を仕込まんでも大丈夫やな？」


魚之助から行き先を聞いたとき、それは勘違《かんちが》えだと藤九郎は迷わずに言い切った。だが、背中の女形はどこ吹く風で、手鏡を取り出し顔に紅刷毛《はけ》を使いながら、はよう足を動かせとそればかり。せめてもの悪足掻《わるあが》きでちまちま小股《こまた》に歩いてやったが、一刻《とき》もしないうちに辿《たど》り着くのは、死んだ文次郎が働いていた、あの角田屋だ。だが、こちらは店を訪ねておきながら、何の言葉もなく姿をくらませたことのある無礼者。門前払いを食らわされてもおかしくはない。いや、食らわしてくれと藤九郎は店暖簾《のれん》をくぐったが、女将《おかみ》は魚之助の涙袋が赤く染まっているのを見るなり、すんなり奥の部屋へ通してしまう。

部屋の中には女子が一人座っていた。萎《しな》びた百合《ゆり》のように顔を伏せ、しきりに涙を拭《ふ》いている。

「先にお訪ねくださった際は、顔も出さずに大変失礼をいたしました」

烏の濡羽色の手絹を目元に当てて、度々喉《のど》が引き攣《つ》ったような嗚咽《おえつ》を漏らす。

「家に引き籠《こ》もっていても、文次郎さんは戻ってこない。泣くばかりの私を見て、母様がこうして人に会わせようとするそのお心も十分わかってはいるのです。ですが、私はまだ悲しみに浸っていたい」

惚れた相手の非業を想って団栗《どんぐり》目から流れる涙は、目を細めたくなるほどに煌《きら》めいていて、ほうら、やっぱり言った通りだ。藤九郎は隣の魚之助を睨みつける。逃げた女子が角田屋のお嬢さんだなんて、とんでもねえ勘違え。文次郎の故郷である常陸国《ひたちのくに》の線香の匂いが染みついていたなどと、そんな薄い証左《しょうさ》で人の心を無闇に傷つけるものではない。

「私はまだ文次郎さんのことを乗り越えたくはないのです」

涙交じりのその訴えに、お徳さん、と藤九郎は己の喉の一番柔らかなところを使って呼びかける。

「お徳さんのそのお心の動きは真っ当ですよ。あなたの心内のことなんか何一つ考えず、のこのこ訪ねてきた俺らが悪いんです」

だが、お徳はいいえいいえ、と必死になって首を振る。きゅうっと膝あたりの着物を握る指はその真っ赤な爪紅《つまべに》も相まって、痛々しい。

「文次郎さんの昔のお友達がこうして訪ねてきてくださったことは、とても嬉《うれ》しいのです。

文次郎さんの若い頃のお話を聞かせて欲しいし、私も自分の口からお話ししたい。でも私はたぶんあなた方が帰ったあとに、ねえ、面白いお話を聞いたわ文次郎さん、と誰もいないお部屋で話しかけてしまう気がするんです」

ですから今日はどうか、と垂れた涙でつややかに光るその唇に、みなまで言わせるものじゃない。藤九郎は静かに立ち上がり、魚之助の腕を取ろうとする。と、やけにゆったりとした声が部屋に流れた。

「ああ、そないに涙をこぼしはったらあきまへん。せっかく目元に入れた綺羅《きら》が流れ落ちてまう。勿体《もったい》無いやおまへんか」

一体何を言い出しやがる。藤九郎は眉を顰めて魚之助を見やるが、魚之助は真っ直ぐお徳を見ている。

「だって陸奥《みちのく》の山から削り出した石で作った貴重な綺羅なんやもの。仕入れて見世に出した佐野《さの》屋に女子がこぞって詰めかけて、笹紅《ささべに》とそう変わらんほど高直《こうじき》やのに二日もせんうちに売り切れた品でっせ」

魚之助の言葉にお徳はひとつまばたきをした。団栗目から流れた涙は、またぞろぴかりと煌めいた。

「爪紅も塗り色が随分お綺麗《きれい》なこと。三日、いや二日前には上塗りしとらんと、その色は出えへんわ。そうやって爪先にだけ膠《にかわ》を塗るんは、どこぞの店の看板娘がつい最近始めた塗り方とちゃうかったっけか。流行《はや》りをすぐ己に取り入れるんは、ええ心意気でっせ」

魚之助は固まっているお徳に膝をにじり寄せ、親指をお徳の頬に滑らせた。涙を拭ったその指には、綺羅に白粉に頬紅がねっちりとついている。指を一度見下ろしてから、魚之助は言う。

「お前、悲しんどらんな」

お徳は何も答えない。

火鉢で炭がぱちりと弾ける。

「文次郎が死んだことなんて、ちっともこたえてへんのやろ」

寸の間の沈黙を魚之助の物言いごと食らうようにして、藤九郎は大きく口を開ける。

「魚之助、なんてえことを言うんだよ！」

「阿呆鳥《あほうどり》、その鳥目をかっ開いて部屋の隅々に目を凝らしてみい。着物は新しいものをたんと下ろしとる。お前が尻《しり》に敷いている座布団の下に突っこまれとるんは『都風俗化粧伝《みやこふうぞくけわいでん》』や。紅の入れ方でも夢中でよみふけっとったんやろ。そうやってお嬢さんは余すところなく己の体を磨いとる。せやけどもなぁ、その手つき。惚れた男が死んだばかりの女子のものにしては、ちょいと気合いが入りすぎていやしまへんか」

魚之助は人差し指をお徳の胸元につきつけて、

「好いた男が別におるからや」

なぶるように動かして、一転、魚之助は強く押し込む。

「円蝶と一緒になって、なにを企んどる」

だが、先ほどまで萎れたようだった体は、一寸たりとも揺るがなかった。それどころか、お徳は魚之助の人差し指を両手できゅうっと抱き寄せて、笑みを浮かべて言う。

「円蝶さんはただ、伝えてくれているだけなのです」

「何をや」

「私のお願いを」

「誰にや」

「恋の神様に」

藤九郎はむうと唇を突き出した。こちとら魚之助の無礼な物言いを必死になって止めようとしたというのに、そうやって冗談を差し込まれては頑張った甲斐《かい》がない。いや待て、見立てか。藤九郎は片眉を上げる。何かを神様に見立てて、それで真意を伝えようとする肚《はら》ならば、乗ってやるより他はない。

「その恋の神様とやらは、お徳さんの願いを叶《かな》えてくれたんですか」

ええそうです、とお徳は口元を綻ばす。

「神様のお目に留まって本当に良かった。願ったからといって、誰でも彼でも聞き届けてもらえるわけではありませんから」

「へえ。その神様の目の留め方に骨《こつ》があるってことですかい」

「いいえ、留め方は皆一緒。きちんと手順が決まっております。まずは円蝶さんに白粉をいただくでしょう。その白粉を顔に塗り込んで、目当てのお人を誘って中村座へ参ります。

忘れてはいけないのが円蝶さんの手拭い。これを目当てのお人の帯へと突っ込みます。勘付かれてはいけません。これを乗り越え、中村座で忠臣蔵を見始めたのなら、あとは手を合わせてひたすら祈る。神様がお目に留めてくださったそのとき、目当てのお人は死んでくれるのです」

藤九郎はお徳を見た。己の耳を疑うべきか、それとも目の前のこの唇を疑うべきか。

「……今、なんと」

お徳の頬は興奮からか、赤く火照っている。

「死んでくれる、と言いました」

仔犬《こいぬ》に喰われて凹《へこ》んだような笑窪《えくぼ》がとても可愛らしい。

「文次郎さんは死んでくれたのでございます」

可愛らしい顔をしてお徳はそんなことを言う。

そして、問われもしないのに、お徳は自《おの》ずからべらべらと喋《しゃべ》る。

「文次郎さんは私にべたに惚れていらっしゃいましたから、私が芝居小屋に行きたいと言うと、すぐに頷《うなず》いてくださいました。店の者には内緒ですよと添えれば、お口に漬物石を置きなさる。朝から小指の爪に鋏《はさみ》を入れていたのも、私がお喋りした芝居のお話をきちんと覚えていらっしゃったから。そんな文次郎さんの真面目なところを、父様と母様は好んでおりました。文次郎が婿になった暁には店が安泰だとおっしゃるの。それを聞いた文次郎さんはこうして手を重ね合わせて来る。私はいつも、仕方なく手を取りました。父様と母様を悲しませたくはなかったもの。芝居小屋でも文次郎さんは手を握ってきました。潰れた肉刺《まめ》に醬油《しょうゆ》の染みているその手のひらがやっぱり気色悪くって、私、思い切り振り払ってやろうと思ったんです。でも、その醬油臭い手が触れた途端、手からふうっと力が抜けました。ええ、そうです。文次郎さんは死んでおりました。四度目の願掛けでようやく恋の神様がお手を貸してくださったのです。飛び切り嬉しかった。だけど、まわりに気付かれちゃあいけませんから、私は舞台を見たままでした。舞台の勘平さんの死に様は、これまでで一等お美しゅうございましたわ。しばらくすると、文次郎さんの頭が私の肩に乗ってきた。折れた首はぐらぐらと揺れましたが、なんだか肩に止まった小鳥のように思えてきて、そのままにしておきました。大詰めまで耐えれば小屋内も薄暗くなっております。文次郎さんを置いて小屋を出たその足で、私は定吉《さだきち》さんのいる船宿へと急ぎました。定吉さんは大川《おおかわ》の波を櫂《かい》で割るのがお上手で、私の股もすぐに割ってくださった。ぼぼはいつもより濡れました」

お徳はほうっと息を吐き、湯呑みでゆっくりと唇を湿らせる。

「私には、ずうっと腹に落ちぬものがございました」

お徳の声は落ち着いている。

「私はどうして好きでもないお方と添わねばならぬのか。角田屋への義理だの、父母への孝行だのと、そういうものにどうして従わねばならぬのか。いえ、わかっております。わかってはいるのです。そんな問いなぞ心に浮かべること自体、女の手本から外れている。

私一人が足掻いたところで、世間の道理をひっくり返せるものではありません。ですから、恋の神様にお願いをするのでございます。私の恋の障りとなる誰々を殺してくださいましと。ですが、みんながみんな、願いを叶えてもらえるわけではございません。選ばれたのです。私は神様に選んでもらったのです」

お徳の声はあまりに落ち着きすぎている。藤九郎はわざと大きな音を立て、膝頭を畳に落とす。

「己が何をしでかしたのか、わかっていないのですか」

もはや冗談にも見立てにもできやしなかった。お徳は、文次郎の屍体が橋の下ではなく、客席で見つかったことを知っている。芝居小屋の中でも一握りしか知らぬ話を事細かに語った。

「あなたがその神様とやらに願ったせいで、人が一人死んでいるんですよ！」

「すごいでしょう」お徳はふんすと鼻息を荒くする。「私、定吉さんのためならば、人を一人殺してしまえるんです」

お徳は藤九郎へと顔を寄せてくる。己より図体の大きい男が怒鳴り声を上げようとも、この女子は近づくことを厭《いと》わない。

「あんた、人の命をなんだと思っているんだよ」

藤九郎は吐き捨てる。

「人の命ってのは、この世の何ものにも代え難い一等大切なもので」

「だからではないですか！」

目の前の団栗目は、目元に塗られた綺羅に負けぬほどに煌めいている。

「人の命は何ものにも代え難い一等大切なものだからこそ、それを天秤《てんびん》にかけることに意味があるのではないですか。私の恋はそんな大切な命よりも重い、素敵なものなんだと言えるのではないですか！」

口から飛ばした唾《つば》まで光らせてから、お徳は「でも、良かった」と手のひらを胸に当てる。

「お二人が訪ねてきてくださって、本当に良かった。私、言いたくてたまらなかったんです。恋の神様のお話は女子のお口からお口へのみで伝えられる内緒事と決まっておりましたけど、私の恋の大きさを誰かに知って欲しかったんです」

駄目だ、と藤九郎は思った。こいつは恋が何よりもまず先に来ている。道理がはなから違っている。

荒々しく立ち上がった藤九郎とは逆さまに、魚之助ときたら落ち着いたもので、

「女子の仲間内での口伝えなら、そう広まる心配はあらへんなぁ。あんたはいつどなたから聞いたんや」

「お吉《きつ》ちゃん、お針の稽古《けいこ》のお友達からでございます。稽古終わりにこそりと耳打ちされたのは、中村座さんの芝居が始まってすぐの頃合いでございましょうか」とやっている。

「恋の神様に聞き届けてもらったあとに、円蝶のところに訪れたんはどういうこっちゃ」

との魚之助からの問いかけに、

「私、文次郎さんが死んだあと、円蝶さんの手拭いを取り上げるのを忘れてしまって。それを謝りに参りました。それに願いが通じたあとは円蝶さんのもとにお顔を見せに行くお約束になっておりましたから」と返したお徳の言葉には、歯軋《はぎし》りをした。藤九郎は円蝶の周りに集《たか》っていた女子らを思い出す。あれもみんな、人殺しの願掛けのために集まっていたのかと考えると、裏切られた心持ちにもなる。助六の筋立てを教え教えられの芝居好き同士、通じた気になっていたのにあんまりだ。

此度も角田屋を挨拶《あいさつ》もなしに出てきたが、もう構いやしない。己の恋のため人殺しに手を染めた人間のいる店の暖簾なぞ、金輪際くぐってなるものか。

道理の違う相手に腹は煮立っていたが、ここに馴染《なじ》みの蕎麦《そば》を流し込めば少しばかりは落ち着いた。相も変わらず蕎麦屋福山の小上がりで、蕎麦をたぐりながら藤九郎は問いかける。

「恋の神様の正体は、妖怪ってことでいいんですよね」

卓を挟んで座る魚之助もやはり相も変わらずで、店主にうどんの売り上げを聞き出してから、「せやろな」と打って返してくる。

「お徳の話を聞く限りじゃ、瞬きの間に文次郎の首を折りよったようやからな」

「その妖怪と女子たちとの引き合わせを、円蝶が担ってた」

「らしいなあ」

「それじゃあ早いとこ、耳穴の棒の見立てを解かねえと」

「……うん？」と魚之助は顔を上げ、その声に藤九郎も顔を上げた。今更何を呆けたふりをしてやがる。藤九郎は椀《わん》の上に箸を置く。

「妖怪は文次郎さんの首を折って殺したんです。でも、妖怪はお徳さんが小屋から出たそのあとで、わざわざ屍体となった文次郎さんの耳穴に棒を差し込んだ。そうまでして妖怪は何を俺たちに伝えたいのか、そもそも妖怪が飯以外で人を殺すその魂胆は何か。そいつは耳穴の棒の見立てを解いてこそわかるんじゃあないですか。見立てを解いてこそ、人死にを止められる」

円蝶さんにはもう一度会う必要がありますね、と藤九郎は箸を取り、蕎麦をずずずと啜《すす》り上げる。その手をがっしと摑《つか》まれて、藤九郎は思わず尻で飛び上がった。

「……人死にを止めるためやったら、円蝶と会うだけやなくって、ふんじばったらええんとちゃいますか」

出やがったな、と藤九郎は口の端で笑う。何かにつけて円蝶に挑みかかろうとする元女形のその魂胆。

「ふんじばられたからって、そう素直に白状するお人じゃないでしょう。妖怪と繫がっている証も何もありませんし、俺らが問い詰めたところでうまく煙に巻かれて仕舞いです。だから、わざと泳がせておくんです。何も存じ上げねえ顔をしながら、芝居小屋での怪異も含めて色々と聞き出してやりゃあいい」

言い返してくるかと思ったが、魚之助は拍子が抜けるほど素直な様子で、

「……あたしもそう思とったわ」と言う。

藤九郎は寸の間きょとんとなったが、すぐさま口の端が緩み出すのが己でわかった。魚之助と考えが似通うだなんて、珍しい。俺も芝居者らしい頭の作りになってきたというわけか。嬉しくなって、言葉をずんずん重ねていく。

「円蝶だってどういう立場で殺しにかかずらっているのかがわからない。もしかすると円蝶の後ろで誰かが糸を引いているかもしれやせん。それなら円蝶一人を捕まえたところで蜥蜴《とかげ》の尻尾《しっぽ》切りになるだけだ。人死には続くかもしれないし、余計、殺しの芯《しん》に辿り着きにくくなっては意味がない」

ついには何も言わぬようになった魚之助に「なんです？」と水を向ける。

「ちょっと吃驚《びっくり》してんねん」

魚之助はとまどうようにして口を閉じ、ほのかに開いて「あたしはな」とぽつりと言う。

「お前のことや、何がなんでも円蝶をふんじばらなあかんと、そう怒り出すもんやと思とったから」

「これまでの俺と同じだと思われちゃあ困ります」藤九郎はむうと唇をひん曲げた。卓に手をつき、魚之助に顔を近づける。

「今の俺は芝居のあれこれを勉強して、たくさん変わってきているんですから」

あんたのお傍にいるために、と溢しそうになった言葉は喉仏あたりで押し留《とど》めたが、何

やら少し恥ずかしい。慌てて椀を引き寄せて思い切り蕎麦を啜りつつ、ふと上目で魚之助をうかがい、箸を止めた。

なんでえ、その顔。いつも色気を食《は》んでいるような口をきゅうと一文字に引き結んだその顔に、お目にかかるのは二度目のことだ。

三毛猫揚巻のお呼び出しにのこのこ現れた藤九郎を魚之助がからかってくるものだから、あんたが呼んだなら駆けつけますよとそう告げた藤九郎に見せたものだ。

藤九郎はやっぱり己の何が、魚之助にそんな顔をさせるのかがわからない。藤九郎は黙って蕎麦を啜り続けた。

そんな、声もかけられぬ顔をした魚之助を目にしていたからか、藤九郎の隣で眉間にこれでもかと皺を寄せ、舌を打ってばかりいる今の魚之助には、ほうっと安堵《あんど》の息が出た。

藤九郎は魚之助と連れ立って、中村座で芝居を見ている。

福山で蕎麦をたぐった日から今日までに二度、円蝶の現れる稲荷へ足を運んだが、どちらも空足《からあし》を踏んでいた。さすがに円蝶も用心をしているのだろう、贔屓らしき女子もあたりにとんと見かけない。やはり今解《と》くべきは耳穴の棒の見立て、と中村座へと歩き出すのはいつもの流れだ。そうして桟敷《さじき》席から舞台を見下ろし、あれやこれやと役者に吝《けち》をつけ、芝居終わりには悪口《あっこう》と助言が七三の交じり物を役者に向かって打《ぶ》ちまける。そんな姿は見慣れていたが、こうまで怒りを露《あら》わにしているのは初めてだ。

「あの野葉《なつぱ》、また手振りを間違えよった」と今日の魚之助は着物を摑んでいなければ、舞台に飛び降りてお軽の着物をひっぺがしそうだ。それほどお軽、駒瀬の芝居がひどい出来なのだ。

舞台の上は勘平、お軽の別れの場。この後腹を切る勘平と、夫の最期に立ち会うことなく遊女屋へと売られ行くお軽の愁嘆場。いつもであれば、客席からの啜り泣きで湿り気を帯びる芝居小屋が、今はお軽が台詞《せりふ》を口に乗せるたび、ざわりざわりと私語《わたくし》が増すばかり。

「モシ、こちの人、わたしゃもう行きますぞえ。エヽ、エヽ、こちの人、さらばでござんす」

なんて、亭主にかける悲しみに満ちた台詞も、まるで舌が回っていない。

だがここで「お軽、待て」との切羽詰まった勘平、阿近の台詞。己の妻をぎゅうと抱き締め、己の舅《しゆうと》殺しを打ち明けるか悩んだ挙句に「まめで居やれ」とお軽を突き放す。その苦悶《くもん》のお顔には、客らも素直に口を閉じるが、突き放された当人が客席に向かってしきりに顔を動かしているのは、あまりにも興醒《きようざ》めだ。しかし、はて。藤九郎は腕を組む。数日前に見た駒瀬はこんなにも落ち着きのない芝居をしていただろうか。何やら理由があるのではと舞台に目を凝らしたそのとき、お軽が思い切ったように客席へと一歩、板を踏み締めた。

「どうぞ達者でいてくださんせ」

勘平に追い縋《すが》り、放ったのは捨て台詞。これまでの芝居にはなかったもので、客らのざわめきがぴたりとやんだ。

「そうでなければ、わたしもこちの人のあとをおい、化けてお憑《つ》き申し上げまするエヽ、あちらの仏様のごとく。」

お軽が袖をたくしあげ、白い指先をつつつと客席へと動かした。

藤九郎が横木を摑んで土間の席を見下ろせば、客の頭がつつつに合わせて動いている。いくらお隣の市村座に客を持っていかれていると言っても、今月の中村座は大入り御免、土間に設《しつら》えた枡《ます》席は尋常五人入れるところを一人二人、余分に詰め入れている。そのせいあって、お軽の言う仏様を何とか見ようとする客らの押し合いへし合いは勢いを増しに増し、怒号まで飛び交い始める始末。すると、白い指先がつと止まる。そこには一人、微動だにしない客がいて――、

「相わかった。この勘平、お前のために達者でいるともさ。だからのう駕籠屋。あの仏様は一緒に連れていっておくんな、サ、早《は》う《よう》〳〵」

差し込まれたのは勘平の台詞だ。その声に舞台上の駕籠舁《か》きは我に返ったようになった。勘平を一度振り返り、それから枡席へと走り出す。お軽の指先が示す仏様を客席から花道へと引き上げて、それを駕籠の中に放り込む。すぐさまお軽を引きつれ舞台から去るが、そこは駕籠舁きも役者の端くれ。途中で御簾《みす》をちらと上げて中身を見せるのは、お上手だ。くわえて、仏様に鈴でも結んでいるのか、駕籠が進むごとにちりんちりんと音が出るのは、夫婦別れの名残があって良い。

この一連の流れは芝居好きのお眼鏡にかなったらしい。お軽の趣向を誉める言葉は、芝

居が終《は》ねてからも、藤九郎らのいる桟敷にまで聞こえてきている。

かくいう藤九郎も鼻からふんすふんすと息が漏れて仕方がない。

「中村座も面白い趣向を入れてくるじゃあないですか。人形を客席に仕込むだなんて手の込んだことをいたします」

殺し場で耳穴に棒を差し込んだあの日の市村座の趣向に対抗した形だろう。だが、今日の中村座の趣向の方へ藤九郎が軍配を上げたくなるのは、床に這《は》いつくばり書抜に筆を入れていた若女形の姿が思い出されるからだ。

「駒瀬さんが舞台上でああまで気がそぞろでいらっしゃったのも、腑《ふ》に落ちましたよ。ありゃあ、駒瀬さんが仕組んだ趣向に違いねえや。でも、こうやって魚之助の助言をきちんと取り入れなさるなんて、先達冥利《みょうり》に尽きるってんじゃないですか」

あの健気な女形には報われてほしくてそう言ったが、魚之助は、胸内をひっくり返すほどの深いため息をつく。

「ここまで鳥目やと、ほんまに目医者を紹介したなるわ」

「なんです」

「あれは死んどったで」

「あれ、とは」

魚之助は袖をたくしあげる。指先を動かすそのつつつ、は先に舞台で見た手振りと瓜二《うりふた》つ。桟敷から階下の土間をひたと据え、

「人形なんかやない、あれは屍体や」

藤九郎は眉を上げた。そして、「中村座は屍体を仕込んでいたというわけですか」と聞く。

どうしてわかるのか、なんて今の藤九郎は聞いたりしない。斬られ役を当てられた役者が、よく小塚原《こづかつぱら》にある刑場へ屍体を見にいくとのお話は、頭の抽斗の一番手前に入れ込んである。

魚之助は藤九郎の顔をちらと見て、それからふっと目を逸《そ》らすようにして土間を見下ろした。

「舞台におった役者らの驚き様から見て、小屋ぐるみではあらへんやろ」

よく見ている、と藤九郎は思った。そして、ちょっぴり悔しいとも思う。己はまだ魚之助のような目玉では、舞台を見ることができていない。

「そんな中、阿近はうまくやったもんやわ。あないに平然と捨て台詞を吐かれてもうたら、屍体やなんて客は誰一人として思わへんもの」

「あれが屍体なら、もしやあれも恋の神様が」

言いかけて、藤九郎はでも、と己で己の言葉に逆らう。

「でも、あの屍体の耳には棒は突き入れられてはおりませんでした」

そうだ、桟敷から見下ろした微動だにせぬ頭は、周りの客らと何ら変わらぬ髷《まげ》頭で、だからこそ藤九郎は、あれを人形だと判じたのだ。だが、魚之助はふん、と鼻を鳴らして言い放つ。

「せやから死に因を今から調べにいくんやないか」

それに、と口端の黒子《ほくろ》を持ち上げる。

「話を聞かんとあかんお人もおるさかい」

藤九郎が訝しげな目を向けると、信天、と柔らかな声で名前を呼ばれる。

「先にも言うたが、あの屍体の仕込みは役者らには伝えられておらんかった。せやったら、なんであのお軽は屍体を取り入れた趣向ができたんやろか」

あのとき、白い指は客席を指し、迷わずつつつと動かされ、そこには確かに屍体があった。

「駒瀬は元から屍体が客席にあることを知っていたっちゅうこっちゃ」

藤九郎は息を吞む。

「あれが恋の神様の仕業なんやったら新しい見立てが手に入ることになる。くわえて、妖怪に通じているお人が増えたかもしれん」

なんや、おもろうなってきたやないか。

魚之助の口端の黒子は、二つともが持ち上がっている。


それではいざ若女形のもとへと、腰を上げた藤九郎らのところに現れたのは桟敷番で、座元がお呼びだと勿体ぶって耳打ちをしてきた。屍体の趣向の件に違いないと素直に付いていってみれば、やはり座元部屋の真ん中には駒瀬がちょこなんと座っている。その対面に座しているのは座元、勘三郎で、いつもであれば餅《もち》でもひっついているかのような頬は強張《こわば》り、吐き出される声は嗄《しゃが》れている。

「駒瀬さん、あなたは一体どうして屍体が客席にあることを知っていらしゃった」

役者への胡麻《ごま》擂《す》りを得手とする座元が、こうも苛立っている姿を見るのは初めてで、藤九郎などは膝の上に乗せた拳《こぶし》をきゅっと握り締めてしまうというのに、駒瀬は口を引き結んだまま、畳をじっと睨みつけている。

「黙っていねえで何とか言ってくださらねえと、こちらも明日から檜《ひのき》舞台には立たせられねえや」

その脅《おど》し付けでようやく駒瀬は顔を上げた。そのままなにかをたしかめるかのようにその細い首を回し、藤九郎はふと、駒瀬と目が合った気がした。

「屍体のにおいがしたのです」と駒瀬は座元を見据えてはっきりと告げる。

「……におい？」

「屍体のにおいがすんと鼻について、その瞬間、私の口は手前勝手にこれを芝居に仕組もうと動いたのでございます」

「転合《てんごう》を仰っている場合じゃないんですよ！」

「いいえ、転合ではございません。私は小塚原の刑場へ何度も屍体を見に行っております。そのおかげで私は屍体のにおいというものがわかるようになったに違いない」

凜《りん》と澄んだその声は小部屋で披露するには大きすぎる。障子を隔てた廊下からひっきり

なしに聞こえてくる足音も時折ぴたりと止まり、部屋内をうかがうような気配がある。そちらへ肉に埋もれた細目を動かしてから、

「駒瀬さん、ようくその頭で考えてみておくんなさいな」

座元はいやに優しげな声を出す。

「この頃小屋で何人も客の屍体が見つかっているのは、中村座皆の知るところでございます。今日の殺しにあなたが何かしら関わっていることが知られたならば、これまでの殺しもあなたが糸を引いていたと考えられてもおかしくはない」

「違います！」

今更慌てたように駒瀬は声を荒らげた。そして、またぞろ藤九郎と目がぱちりと合った。藤九郎はぐっと前のめる。こう幾度も助けを求められては、手を貸してやらずにはいられない。そりゃまあ、頑《かたく》なに胸内を明かさぬ駒瀬が悪くはあるが、聞き出し方ってものがあるだろう。それに、藤九郎は駒瀬の言う、屍体のにおいとやらも、あながち嘘でないのではと思っている。だって駒瀬は役者なのだ。そういうにおいを嗅ぎとれたって、おかしかない。

「座元」と藤九郎が呼びかけると、貫禄《かんろく》の詰まった体がゆっくりとこちらを向いた。

「俺らをお呼びになったということは、此度の屍体もこれまでのものとやはり同じ死に様で？」

「いいえ、耳穴に棒は刺さっておりませんでした」

ただ、と言って、座元は一旦《いったん》口籠もり、

「屍体の口の中に鈴が二つ、入っておりました」

差し出された唐紙には以前渡されたものと同じように、屍体のあれこれが記してあった。屍体は男、死に因は首の骨、もちろん名前や家柄などは書かれちゃいないが、口内の鈴は色味に形にと事細かに描かれていて、藤九郎はうん、と一つ頷いた。

仏様は一階の道具蔵の方に、と座元は言い添えてきたが、藤九郎は大丈夫です、と断った。その応《いら》えに魚之助が何も口を出してこないところを見るに、やはりこれは恋の神様の仕業と当たりをつけていいらしい。ならばやっぱり屍体は見に行かずとも良いだろう。藤九郎らは死に顔も肌の様子も髪の艶《つや》も知る必要がない。屍体は紙に描かれているもので十分だ。

その後の駒瀬はこちらが何を聞いても屍体のにおいを主張するばかり、それどころか先ほどよりもにおいの描写に熱を入れて説くものだから、吟味は後日ということになった。

冷えた廊下を歩きながら、藤九郎は背中にこそりと声をかける。

「駒瀬さんは、恋の神様と何か関わっているんでしょうか」

「そないなこと、吟味してみんとわからんわ」

「じゃあ、探るべきは、どうして口の中に鈴が入っていたかですね」

ふふんと鼻を鳴らすと、魚之助が背中で身じろぎをするのがわかった。

「よかったじゃありませんか」調子に乗って、藤九郎は尻を軽くゆすってやる。

「耳穴の棒のほかに、口の中に鈴！　見立てを解く術《すべ》が一つ増えたってわけだ」

魚之助は答えなかった。そして、屋敷に送り届けてやるまで、魚之助が口を開くことはなかった。

鳥籠《かご》を開けるなり、肩に乗って嘴《くちばし》を擦り付けてくるいすかは、育て親の目線を抜きにしても可愛らしいが、勢い余って手の甲を甘嚙《あまが》みしてくるのはいただけない。道行くお人に見られようものなら、百千鳥の鳥は懐かないと吹聴されかねないが、

「随分と甘えているじゃないか」と床几に尻を置いている馬琴は、柔らかな笑みを向けてくる。

「このところは母に見世を任せておりましたから、どうも寂しい思いをさせちまったようで」と藤九郎も笑って返せば、

「それならしばらくは、鳥たちにとっては嬉しい日が続くわけか」

思わず唇を突き出すと、馬琴は皺の寄った喉のあたりでくく、と笑う。

口の中に鈴の入った屍体が見つかった日から今日まで、藤九郎は背中に魚之助を背負っていない。門前まで行っても、お呼びじゃないと追い返される。

魚之助はここにきて藤九郎をそばに寄せ付けなくなったのだ。何が気に障ったのやらと新吾に魚之助の様子を聞こうにも、逆に泣きつかれる始末。

「お嬢さんを怒らせてしまったんだ」と新吾は項垂れて言う。

私は家を捨てる覚悟ができました、一緒にどこぞへ逃げましょうなんて言ってくるもんだからさ、俺ぁ、ついつい噴き出しちまってね。そしたら、さっと顔色を変えてどこぞへ駆けていかれた。ありゃあ、お父上、玉名屋の旦那《だんな》に告げ口をしにいかれたに違いないよ。このままじゃ、俺がこれまで培ってきた仕事の筋がすべておじゃんだ。だから、藤九郎、お前、お嬢さんとの仲を取り持っちゃあくれないかい。

新吾の仕事への熱を知っている手前、頷くほかない。おけいに会ったら話をしてみると、そう約束したが、鳥屋の店先に立つ毎日ではおけいと顔を合わせる機会はやってこない。ああ、魚之助に振り回されてばかりで嫌になる。口の端からため息が漏れそうになったが、藤九郎は一丁両手で頬を張る。こうなりゃ己一人で見立てを解いて、魚之助をひとつぎゃふんと言わせにゃなるまい。

そのとき、肩のいすかが鼓舞するように、ひいよ、と鳴いて、そういやぁと藤九郎は思い出す。この肩乗りいすかがいすか合わせで取った評は確か、あの忠臣蔵の。

「勘平の腹切り場を、馬琴先生はご存じで」

隣に尻を落ち着け、問いかける。

「ああ、知っている」

「あの場面から先の筋を教えちゃくれませんか」

駒瀬がまとめ上げた芝居の筋書きは、魚之助の一声で途中で打ち切られる形となった。恋の神様の見立ては、中村座の芝居小屋の中で行われる。見立てが、芝居の中身に関わっていないはずがない。

藤九郎は馬琴の煙管をちょいと拝借、ずん、と己の腹をつく真似をする。

「勘平は刀を己の腹に刺したまま、亡君の御恥辱とあれば一通り申し開かんと、語り始めるのでございます。

いかなればこそ勘平は、三左衛門が嫡子と生まれ、十五の年より御近習《ごきんじゅ》勤め、百五十石頂戴《ちょうだい》いたし、代々塩冶のお扶持《ふち》を受け、束の間ご恩を忘れぬ身が」

——色にふけったばっかりに。

情感たっぷりに藤九郎が台詞を言えば、馬琴はこほんと小さく空咳《からぜき》をして、

「大事の場所にも居り合わさず、その天罰で心を砕き、御仇討ちの連判に、加わりたさに調達の金も却《かえ》って石瓦《いしかわら》、いすかの嘴《はし》と食い違う、言い訳なさに勘平が、切腹なすをご両所方、ご推量下さりませ」

いい声！　と藤九郎が上げた大向《むこ》うには白交じりの眉を寄せられてしまったが、かえすがえすも無念、無念にござります、と始められた勘平の胸内の語りには、若干渋みが上乗せされている。

昨夜、弥五郎殿より敵討の話を聞いたその帰り、夜道に現れた猪を撃ち殺し近づいてみますと、そこには人が血反吐《へど》を吐いて倒れております。撃ち殺したのは猪でなくって人であったか。薬はないかと震える手で倒れ伏す男の懐中を探ってみれば、出てきた縞《しま》の財布はずっしり重い。指は勝手に小判を数えて五十両。脳味噌《のうみそ》もこれは天の恵みと手前勝手に

印を押し、弥五郎殿のもとへ駆けつけその金をお渡しいたした。だが、家に帰って諸々《もろもろ》聞けば、私が撃ち殺したるは我が女房の父である与市兵衛殿、金は女房お軽を売った金。知ってしまってはもう、しでかしたことへの償いに己の腹を切るしかなかったのでございます。

腹へ刃《やいば》を突き立てた涙ながらの勘平の、この懺悔《ざんげ》を聞いた弥五郎は、ふと与市兵衛の屍体を検《あらた》めた。すると胸の傷口は鉄砲にあらで刀傷。あっと声を上げたのは、弥五郎と共にいた塩冶家家臣。何やら思い当たる節があると言う。ここへ来る道中、撃ち殺された屍体をひとつ見つけたが、あれは山賊に身をやつしたと噂の男、定九郎《さだくろう》。だとすれば、その男こそ与市兵衛殺しの下手人で、その下手人を撃ち殺した男こそ、そこで腹を切っている早野勘平。

「勘平は与市兵衛を殺してはいなかったんですね！」

それどころか、己の知らぬうちに舅の仇討ちを行っていた。

「あっぱれ勘平！」

しかし、もう遅い。勘平の腹から流れ出る血はぬらりぬらりと板の間に広がってゆくばかり。待て勘平。弥五郎は勘平の目の前の床へ書状を一枚打ち付けた。しっかと見ておれ、討入りの連判状にさらさらと勘平の名前が書き付かれゆく。これを見て勘平、最後の力を振り絞り、財布と五十両の金を床に滑らす。これらをどうかあなた様の懐に。一緒に敵討を見届けとうございます。財布に伸ばされた弥五郎の手をしっかと目に焼き付けて、勘平は事切れるのであった。

馬琴はかん、と煙管を打ち付けたが、ここでかん、じゃあ困るというもの。

「仇討ちは一体どうなったってんです！」

馬琴の近くへ尻をにじらせて、嚙み付くようにして聞けば、

「大星由良之助率いる四十六名、死んだ早野勘平をくわえて四十七名、揃いの袴《はかま》に黒羽織、忠義を入れた胸当てをつけて師直の館へ討ち入る。義士は刀を師直に浴びせ、最後には塩冶判官が腹切りにつかった刀で師直の首を切り落とす」

藤九郎はほう、と安堵の息を吐く。

「勘平が仇討ちの連判状にくわわれてよかったですよ。でも、勘平が腹を切る前に運ばれてきた与市兵衛の疵《きず》口を調べてほしかった。そうすりゃ、勘平は死ぬことはなかったんですから」

勘平が刀を手にすると決まって客席が湿る腹切り場を思い出し、藤九郎は鼻の奥がつんとしたが、馬琴はひどく冷めた顔をして、

「あれは死んだからこそ、よかったのだ」と言う。

「なんです、随分と手厳しいじゃありませんか」

「勘平は死んでいなければ、仇討ちの連判状にくわわることはなかったのだ。色にふけるあまりに主君の変事に間に合わないなど、武士の風上にもおけぬ所業だ。腹を切ってこそ、あの日損なった義と釣り合いが取れるというもの」

またぞろ天秤が出てきやがった。藤九郎は思わず顔を顰《しか》める。

人はなぜ大切なものを語るとき、命を秤《はかり》にかけたがるのか。死ぬほど好きだの、命より大事だの、大切なものを命と競わせなければ、その価値を信じることができないのか。大切なものが何であろうとも、命こそ一等大事であろうのに。

そうやって、許嫁《いいなずけ》の命を軽々しく天秤に乗せた女子の顔を思い浮かべていたものだから、

「義ってのはそんなに大切なものなんですかね」

気づいた時には、口の端からぽろりと言葉が溢《こぼ》れ落ちていた。あっと藤九郎は声を上げ、違うんですと、思い切り両手を顔の前で振る。

「馬琴先生の読本に吝《けち》をつけているわけじゃあないんです！　あれは大層面白いお話で！いや、すべては読んでおりやせんが……俺なんかのお頭《つむ》じゃちっと難しく」

仁、義、礼、智《ち》、忠、信、孝、悌《てい》。しめて仁義八行の玉を手にし、体のいずこかに牡丹《ぼたん》の痣《あざ》の入った八犬士が弱きを助け、強きを挫《くじ》く。藤九郎が耳にした筋といえばそのくらいだが、話の真ん中を忠義が一本貫いていることは、知っている。そんな八犬伝に心血を注いでいるお人になんてえことを。藤九郎は慌てて言い訳を並び立てるが、「いいい」と馬琴に一言切って捨てられる。

「批判なぞいくらでも受けている」

その静かな面持ちを覗《のぞ》き込み、

「人気の大先生が何を言うんです」

藤九郎は己の中で一等優しい声を出す。柄が大きく、武士の出らしい口を利き、世間に

は偏屈で通っているこの老人の、ひどく繊細なところを知っている。そうでなければ、こうも鳥に癒《いや》しを求めない。

先の己の迂闊《うかつ》な言葉に歯噛みするが、馬琴はなおも言い募る。

「八犬伝の中の八士の如しは、仁義八行の化物にて決して人間とはいひ難かり」

化物。突然現れたその言葉。

「八犬士は化け者であると？　誰がそんなことを言うんです」

名は知らん。どこぞの物書きだ、と馬琴は低く応える。

「そうやって、己の身をかえりみず一心に忠義に尽くす人間を、人間としての情を持たない、人間の度を超えた化け者と評す輩《やから》もいるということだ。八犬士こそ、人間の手本であるにもかかわらずだ」

ただ一心に何かしらに打ち込む人間が、度を超え化け者になると言うのなら。

藤九郎は、ふと考える。

人間が化け者になる、その一線は一体どこにひかれているのだろう。

己の恋の成就を一心に願ったあの女子らは、化け者だろうか。いや、化け者だ。化け者に違いない。あれらは人の命を使ってまで己の恋を貫こうとしていた。人間であろうはずがない。

ならば、役者は。

己の性別や己の暮らしをなげうってまで芝居に打ち込む役者らが、化け者になるその一線は。

そのとき、鱗《うろこ》のこすれるような小さな衣擦《きぬず》れの音を耳にして、藤九郎はふと顔を上げた。

そこには、男の性別をなげうった女子が一人立っている。

「円蝶さん」

このお人も、化け者なのだろうか。

そんな問いかけが頭をよぎりつつも、藤九郎は立ち上がる。

「鳥屋なんかに、なんぞ御用で」

すると、円蝶はほんのりと笑みを滲ませる。

「おけいさんが鳥屋さんにお会いしたいと仰いまして」

おけいさん？　と目線を下げて見やれば、円蝶の背中に隠れるようにしてお多福顔が覗いている。藤九郎はその手をぐいと摑んで、

「新吾がおけいさんと話をしたいと、言っておりましたよ」

嘘をころりと口から転がせた。

「新吾はおけいさんを傷つけたとひどく後悔もしておりました。俺に泣きついてもきました。お詫びがしたいとおけいさんのために根付けも拵えているそうで」と、嘘に真《まこと》を混ぜ込むのも、役者を見てきた甲斐《かい》あってか、存外すんなりとうまくいく。

「ですから、新吾のところへ早く行ってあげてください」

新吾からお願いされていた、新吾とおけいの仲立ちのことがまずあったが、おけいには

これ以上、円蝶の傍にいて欲しくないとの魂胆もあった。化け物に通じているやもしれぬ女形などと一緒にいては、おけいの頭に角が生えることだってあるかもしれない。

さて己の拵えた嘘は通用したか。そっとおけいをうかがい見れば、おけいは微笑んで「ええ」と言う。

「実はこの後、新吾様と会うことになっておりますの」

「そうでしたか！」

そんならお引き止めしちゃあいけねえや。摑んだままであったおけいの腕からそっと手を外そうとすると、

「私、藤九郎様に一言申し上げておきたかったんです」

おけいの顔が目の前にあった。相も変わらず数の多い簪飾りがじゃらりと顔にかかっている。

「藤九郎様は新吾様と、とっても仲良くいらっしゃるから、新吾様の色んなお顔をたくさん見てきたでしょう？　私の知らないお顔も知っていらっしゃる。だって新吾様は私に泣きついてなんてくれやしなかったもの」

ぷくうと膨れる頰を可愛いと思う。恋する女子の可愛い悋気《りんき》だ。

「だから、藤九郎様はきちんと覚えておいてくださいましね」

可愛らしい声が藤九郎の耳たぶを揺らす。

「なにをです」

「新吾様があなたに見せたお顔を全て」

好きな男の名前が喉にくすぐったいのか、おけいは己の言葉にくすくすと笑う。口の端からほの白い犬歯の煌めきが溢《こぼ》れ落ちるのが、ほんの一寸おそろしい。おそろしい？　すぐさまいやいや、心の内で首を振る。おけいさんはお可愛らしい。可愛らしくないといけないのだ。

「新吾様のお顔は全て私に教えてくださいまし」

おけいは囁く。

「そして、私と藤九郎様だけの内緒事にいたしましょう」

じゃらりと駒下駄を鳴らして、遠のいていく背中に、藤九郎の足は動きかける。追うべきだ。追って新吾とおけいが二人して微笑み合うのを己の目で確かめたい。だが、今、藤九郎の目の前にいるのは件の女形だ。足裏はまだ未練がましくずりりと地面を舐《な》めたが、藤九郎は尻を床几の上へ置く。

もどきであろうと己も芝居者の心意気を持っている。見立て解きに近づけるこの機会を逃しては、魚之助に馬鹿にされるというもの。

気づけば、世間と交わるのが嫌いな馬琴も店をあとにしており、藤九郎は円蝶とふたりぎり。去り時を失ったのかなぜだかぼんやりと突っ立っていた円蝶を、床几へと座らせる。気付けば客足も鳥の声もぴたりと止んで、この女形から諸々を聞き出すにはこれ以上の場はない。ここぞとばかりに円蝶に体を寄せると、頭の内で簞笥の軋む音がする。

「先日のことは失礼いたしやした。贔屓の方々と楽しくお話をしているところをああして邪魔立てしてしまって」

うかがうようにして問うと、円蝶は「先日のこと……」と小さく首を傾げた。

「あまりよく覚えておりませんで」

しらばっくれるか、よござんす。藤九郎はきゅっと口端を上げる。

「そういや、助六は札切り御免の大入りだそうで、おめでとうございやす。円蝶さんの至極素敵な揚巻を見たいがためにお客さんが押し寄せてくるんでしょうが、どうです、あの櫻の外連だって、小屋の入りには一役買ったんではないですか」

櫻の怪異を餌に釣り糸を垂れた心算《しんさん》だったが、円蝶は「へえ、揚巻は至極素敵でございますか」と己の役の方へと食いついて、これまたしらばっくれやがる。

「そりゃあもう。江戸の女子らは円蝶さんの揚巻を手本に化粧を施しているとお聞きしますよ」

「へえ。あの揚巻がお手本に」とべんちゃらもすげなく返され、藤九郎は慌てて話の接穂《つぎほ》を探す。

「揚巻さんには別の名前があったりしないんですかね」

咄嗟《とっさ》に拵えた問いかけには、細い眉毛が一本上がった。

「別の名前ですか？　揚巻には揚巻という名前があるではありませんか」

「いや、ほら、助六や白酒売りなどには、曾我一郎《いちろう》やら曾我二郎《じろう》なんていう本当の名前があるじゃないですか。それならもしや揚巻もと思いまして」

「曾我五郎と曾我十郎です」

「え」

「一郎と二郎ではございません。五郎と十郎です」

藤九郎は口をつぐむ。

「もしかして曾我兄弟を知らぬのですか」

鎌倉時代に起こった仇討ち話。これを知らねば江戸者とは名乗れない。助六の筋立てを聞いている最中、一人の女子から捲し立てられた言葉に、兄弟の名前があったのも覚えてはいたが、その後の恋の神様云々のお話でそっちのけになっていた。芝居の中でも何度もそう名前が呼ばれるわけではないし、と隣を見やると、円蝶の切れ長の眼はまん丸になっていて、なんでえ。つぐんだ口が尖《とが》った拍子に、己でも思いもよらぬ言葉が飛び出した。

「そんなら、円蝶さんが教えてくださいよ」

「わたくしがですか」

いつもどこか鋭くあった円蝶の膨らんだ鼻の穴を見るのは小気味よく、思わず「そうですよ」と畳み掛ける。

「助六の筋はあなたの贔屓が教えてくれたんです。曾我物語がその下地になるってんなら、円蝶さんが直々に教えてくださらねえと」

今まで蝶の羽の如く手応えのなかった円蝶がこうまで顔を変えるとは。黙りこくった円

蝶に寄り切りすぎたかとも思ったが、

「唱導《しょうどう》ですね」

円蝶はぽつりと言う。

「これはまた、随分と懐かしい」

目元が湯が滲むようにしてほころんだ。どこぞ遠くでじょろりと聞こえ始めたのは、琵《び》琶《わ》の音だろうか。

「それ、日域秋津島《じちゐきあきつしま》と申すは、国常立尊《くにとこたちのみこと》より以来《このかた》、天神七代《てんしんしちだい》・地神五代《ちしんごだい》、すべて十二代は神代《かみよ》とて、さて置きぬ」

小づくりの口から流れ出てくる声は、やけに琵琶に馴染んでいる。が、

「ちょ、ちょいとお待ちを」

遮ると、じょろりの音も、なっと、なっとぅの棒手振《ぼてふ》りの声でかき消えた。

「今のは何です」

「曾我物語の語りの通りに、日本国の成り立ちから始めただけですが」

「そんなところから始められちゃあ、俺の尻がもちません。それにその語りの言葉も俺の脳味噌には難しすぎる」

はあ、と困った顔をする円蝶に少し面食らう。舞台を降りると勘所が悪くなる役者もいるらしい。

「もうちっと易い言葉でお願いします。たとえばこうです。ときは平安」

「……ところは伊豆《いず》」

藤九郎が勢いよく頷くと、遠くでじょろり。

「ある一人の武者が、射殺《いころ》されるところから語りましょう」

その武者の名前を河津《かわづ》三郎祐泰《さぶろうすけやす》。射かけたのは工藤祐経《すけつね》。この工藤、領地争いで目障りな河津を葬るべく郎党に襲わせたのでございました。三郎の息子二人は母親と共に相模国《さがみのくに》の豪族、曾我太郎祐信《たろうすけのぶ》に預けられ、その名字をもらうことになる。

「その二人というのが曾我十郎祐成と曾我五郎時致ですね」

あら、此度は正しいお名前が言えました。いえ、莫迦《ばか》にしたわけではございません。そんなにお鼻を鳴らしゃって、未《いま》だ幼子のようでいらっしゃる。ですが曾我兄弟、二人の幼子は、幼子のお心のままに育つことはできやしなかった。その小さなお胸には、大きい大きい工藤への敵討の火が燃えておりました。

河津三郎が殺されてから十七年。ときは鎌倉、ところは名峰富士山の裾野《すその》。源頼朝《みなもとのよりとも》公、又の名を鎌倉殿が三日間にわたる巻狩りを催すとのこと。巻狩りの総奉行は工藤祐経。兄弟、この機を逃すはずがない。山の岳《たけ》から獣を追い落とし、逃げてきた獣を射殺すために武士らは刀や弓を持つ。若人《わこうど》の一人や二人、紛れ込んでいても気づくまい。その上、健気な兄弟の仇討ちには、神仏もが味方する。

「神様が」

あら、神様はお嫌いですか。

「ああ、いいえ。最近俺の見知った神様には、ちょっとばかり物申したいことがありやして」

わたくしも同じにございます。

わたくしも、その神様とやらが大嫌い。しかしその神様は、どうやら敵討がお好みのようで。兄弟が滝の近くで敵討の相談をなさる中、滝の音を消し賜《たま》えと十郎様がお心内でお祈りになれば、滝は自ずから流れを止める。巻狩りで出会った大鹿の大王二頭を兄弟があえて射外し、殺生は無益であると呟《つぶや》かれたのも、神様にとっては冥加《みょうが》を与うる行いであったのでございましょう。おかげで兄弟が工藤の設えた陣屋に忍び込んでも、目を覚ます者は誰一人おりませんでした。

寝所で無明の酒に酔いぬれて前後も知らず眠る工藤の枕元に立ち、兄弟はぐっと唇を嚙む。


これほどに安かりけるものを。

じょろり。

年来日来《ねんらいにちらい》、心を尽しけることよ。

目を覚ました工藤に十郎が一太刀、しとと打つ、五郎が二太刀目、ちやうど打つ。息絶えた工藤の姿をぎゅうと瞳の裏に焼き付ける。これは冥土《めいど》の土産にございます。あとは郎党と凄《すさ》まじい斬り合い。殺した相手は兄弟合わせて五十人。ついには十郎は討ち死に、五郎は鎌倉殿の御前へ引っ立てられます。鎌倉殿は五郎の仇討ちの道理を聞き、その命を助けたいとお思いになったそうにございますが、五郎はあまりに手下を殺しすぎました。斬り損じてはくれるなよ、と己の真っ白な首を堂々と晒《さら》す五郎のお姿は武士の手本と評された。

これこそが曾我兄弟の仇討ち話。いかがでございましょう、と問われ、これでようやく江戸者になれました、と応えると、くすんと笑い声が寄越《よこ》される。

眉毛を少し上げて見せれば、

「珍しいお方と思いまして」と円蝶は随分と優しげな笑みをこちらに向けている。

「この江戸では、義だの忠だのが一等大事だと宣《のたま》う御仁が沢山いらっしゃいますゆえ。あなた様のような仇討ち話を知らぬお人は初めてお目にかかりました」

「俺だって義や忠が大事だとはわかっておりますよ。ただ、そういう類《たぐい》のお話に触れてこなかっただけで」

「でも、義が大切か、なんてお聞きにならしゃった」

「……盗み聞かないでいただきてえ」

唇は尖りかけたが、

「そんなあなた様だからこそ、わたくしはお話をしてみたいと思ったのです」

円蝶は真っ直ぐ、藤九郎へと顔を向けている。何が円蝶の気に入ったかしれないが、こいつは都合がいいと藤九郎は心の内でほくそ笑む。

「そんなら、曾我物語のお話を続けましょうか、それとも助六のお話でも」

そうやって櫻の外連の方へ寄せていく目論見《もくろみ》があったが、

「芝居は嫌いです」ときっぱり言われて拍子が抜ける。

「芝居は死んだ者にあれやこれやと尾鰭《おひれ》をつけて、面白おかしく仕立てる嘘事でしかありませんから」

役者の口から出てくる言葉ではないとは思ったが、藤九郎の頭をよぎる涼やかな声がある。

死人に口無し。あの世でいくら地団駄踏まれようとも、あたしらには毛ほども響かへんもの。

「十郎様も五郎様も江戸のお人らの舌の上で好き放題に転がされて、ついには江戸の神様になっておしまいになった」

なるほど、役者の中でも死人の扱い方には物申したいお人は少なくないのかもしれない。ならば、ここは一丁、円蝶の尻馬に乗ることにして、

「勝手に神様にされるのはたまったもんじゃああありやせんねえ」これみよがしに腕を組み、うんうん頷いてみせる。

「十郎も五郎も本当のお姿がどうだったかなんてわかりゃあしない。助六だって舞台の上じゃあ粋な男振りですがね、五郎は糸瓜《へちま》に目鼻をつけただけの不細工だったかもしれませんし」

「不細工ではございませんが、おもてになるのは五郎様より兄上様、十郎様の方だったそうです。五郎様は気が短くてすぐに頭に血が上《のぼ》るご性分、よく額まで朱に染めていらっし

やった。そんな五郎様をなだめられるのは、唯一お母上様と兄上様だけでございました」

円蝶の舌はよく回る。やはり曾我物語を目の前に垂らすと、この馬はよく跳ねる。

「江戸の荒々しい芝居には五郎がしっくりきたんでしょうね。舞台の上の通りのお人柄なら、十郎はなよなよしくって、女子にもてそうには思えない。十郎は、俺こそが助六の役《やく》所《どころ》だとあの世で地団駄を踏んでいらっしゃるかも」

「そんなお人ではございません」

ぴしゃりと頬を張るように言われて、藤九郎は思わず円蝶を見た。

「あの兄弟は二人、とても仲良くいらしゃった」

空を見上げている横顔は、さすが人気の女形とあって、絵図に写し取りたくなるほど美しい。自然と目玉はその顔の線をなぞり始めて、あっと藤九郎は息を呑む。黒子の一つもない真白の首はつるりとなだらかで、そこにあるべき喉仏がない。いや待て、そんなわけがない。見間違いかと前のめりになる藤九郎の鼻面にぽつりと水滴が垂れて、思わず空を見上げる。

「皐月《さつき》の二十八日に降る雨を、虎《とら》が雨というらしいのです」

顔を戻すと、微笑んだ円蝶の顔がこちらを向いている。降り始めた糸雨が肩を湿らせてゆくが、藤九郎はなぜだか尻を動かせない。

「虎が雨？」

「十郎には愛した女子がいたそうにございます」

相模国大磯《おおいそ》の遊女で名前を虎。曾我兄弟の死後、箱根《はこね》で髪を剃《そ》り落とし、各地の霊場を巡り歩いて兄弟の菩提《ぼだい》を弔った。その生涯を兄弟の供養に捧げたと言われている。

「皐月二十八日は曾我兄弟が仇討ちを決行なさった日。兄弟の死を嘆き悲しんで、虎御前《ごぜ》の流す涙が雨となって降るのだそうで」

円蝶の頬をいく筋も雨が伝い落ちていく。

「お虎は泣いてなど、おりませんでしたのに」

円蝶の喉仏から一滴、雨粒が落ちた。


この後、どこぞへ行く用事があると言い出した円蝶に、藤九郎は傘を貸そうと一旦店内に引っ込んだ。しかし戻ってきたときには濡れそぼった女形の姿はどこにもなかった。この雨の中をまるで獣の如く行ってしまったらしい。ならばとその傘を鉛色の空にぱっと開いた。ぬかるむ地面へ進めた足は、ひどく軽い。

櫻の外連への責め問いはまんまと避けられてしまった格好だが、円蝶に会ったというお話は魚之助の耳には入れておいた方がいい。いや、入れねばなるまい。大手を振って魚之助の家を訪ねてみれば、魚之助は芝居茶屋にいるという。

座敷に案内され、振り返った魚之助が「なんの御用でっか、鳥屋さん」と言ってきたときには、藤九郎も一寸ばかり身を硬くしたが、魚之助が対面に座る茶屋の主人に「円蝶の話はのちほど」と断るのを聞いては、背筋も伸びる。

「今のお人とは円蝶さんのお話を？」

丁寧な辞儀を一つ残して部屋を出ていく後ろ姿に目をやりながら聞くと、

「せや」と煙管を吸いつつ返ってくる一言は素っ気ない。だが、以前のように留場《とめば》は連れておらぬようで、顎にはぐぅっと力が入る。

「それなら、俺に聞く方がいいのではないですか」

「なんでやのん」

「つい先ほどまで、俺ぁ、円蝶さんとお話ししておりやしたから」

紅の塗られた口の端から、煙が一筋漏れるのを見るのは心地《ここち》好《よ》い。

「櫻の外連についてはは聞き出せやしませんでしたがね、曾我物語に助六と、芝居話には花が咲きました。あの人の芝居への拘《こだわ》り様が見えた気がいたしやす。こいつはなにか見立て殺しを解く糸口になるかもしれねえ。誰かさんのお耳に入れておかねえとここまでやってきた次第で」

かん、と甲高く走った音に、口をつぐんだ。魚之助は煙管を煙草盆に打ち付けたまま、目を見開いている。

「なんで円蝶はお前と話ができるんや。円蝶は一刻前から市村座の舞台に立っとるはずやぞ」

言われて、藤九郎はあっと声が出る。

「で、でも俺はたしかに円蝶さんとお話をしましたよ。あれが幻なわけがねえ。あの人がおけいちゃんと喋っているところだってこの目で見たんだ」

「おけいは円蝶と一緒におったんか」

ほう、と声と共に上げられたその口角が、藤九郎はなぜだか嫌だと思った。

「そのお前の会った円蝶がほんものやったんか、なり代わりやったんかは一旦さて置くけどもやな、おけいが円蝶と二人っきりでおったんはちょいとまずいんちゃいますか」

「おけいちゃんが恋の神様に人死にを願ってるとでも言いたいんですか」

先回りをして藤九郎は吐き捨てる。馬鹿を言うない。

「おけいちゃんに縁談の類の話は持ち上がっていないと新吾から聞いてます。おけいちゃんが恋の神様に殺してもらいたい相手なんぞどこにもいない」

そうやって藤九郎は真っ向から挑みかかるのに、魚之助はまたしても煙管をちょいと吸い、

「たしか白粉を沢山もらってはったなあ」ついでとばかりに言葉を溢す。

「その時は自分にいずれあてがわれる許嫁を殺すために集めてはったんやろうけども、信天の話を聞くところによると、おけいは新吾に怒っとったわけやろう。好きな男とどうにも上手《うま》くいかん女子を芝居に仕立てるんなら、あたしはこんな筋立てにする」

あな悲しや、あな悔しや。どんなに新吾様に尽くしても、新吾様はちっとも思いを返してくださらない。私と一緒にいてくれたのも己の小道具作りの腕を上げるため。蜻蛉玉《とんぼだま》を拵えるその指でどこぞの女子を抱きなさるのか。その女子の匂いの残った指で、見世に並

べる蜻蛉玉を私にお渡しになるのだわ。私は決して耐えられまい。ですから、そうです、殺してしまいましょう。

「おけいちゃんは、そんな非道なことはいたしやせん！」

畳に思いきり手のひらを叩きつけるその瞬間、頭の端でほの白い犬歯が煌めいた。

ねえ、藤九郎様、とおけいの囁く声が耳の中に蘇る。

私と藤九郎様だけの内緒事にいたしましょう。

あの声を藤九郎は今、可愛らしいと思えない。

「おけいちゃんはそんなことしねえ。そうだよなあ、魚之助」

縋《すが》るようにして言えば、「今時分は丁度、忠臣蔵を演《や》っとるなあ」魚之助は煙管の吸い口を懐紙で拭う。

「いくで信天」

いつものようにゆるゆると己に伸ばされる手を、藤九郎は引っ摑んで引き寄せた。

芝居茶屋前の大通りは、ひどくごった返していた。魚之助を背負って走る藤九郎は人波に揉《も》まれながら、ちいっと舌を打つ。芝居に酔ったお客らは藤九郎がどんなに急《せ》いていようと避けやしない。搔《か》き分ける着物はそのどれもが色艶《あで》やかで、目眩《めまい》がしてくる。くわえて、己の頭は着物の色を見るなり、手前勝手に猩々緋《しょうじょうひ》、山吹茶と四十八茶百鼠《しじゅうはっちゃひゃくねず》の色の名前に当て嵌《は》めていく。ぱちりぱちりと嵌め込まれていくその音が鬱陶《うっとう》しい。

その労力を藤九郎は己の足を動かす力へと変えたいというのに。

いやいや、そんな走ることはねえ。

中村座の鼠木戸に辿り着き、魚之助から手渡された木札を木戸番に押し付けながら、藤九郎は己の心に言い聞かせる。

あのおけいちゃんが新吾を殺すはずがねえもの。

木戸をくぐり抜けると、小屋内は客たちの啜り泣きで湿っぽい。舞台の上では浅葱の紋《もん》服《ぷく》を着付けた哀れな男が、敵討の連判状に加われない悲しさに咽《むせ》び泣いている。

それに、と藤九郎は舞台へと歩みを進めつつ、言い募る。殺されるお人は恋の神様のお気まぐれ。どんなに白粉を顔に叩《はた》いたとて、恋の神様がいつ願いを聞き届けてくれるのかはわからない。それなら、今日に限って新吾が選ばれるなんてこと、芝居であっても偶然が過ぎて、面白くもなんともねえや。

勘平が紋服を脱ぎ、諸肌《もろはだ》脱ぎになっている。藤九郎は首をぶん回して新吾を捜すが、小屋の後ろから見る髷頭はどれも同じに見えて、歯嚙みする。

——いかなればこそ勘平は、
と始まった声に途端静まり返ったお客らにも、藤九郎は苛立った。

大声を出してやりゃあいい。

藤九郎は花道に足をかけながら考える。背中の魚之助には悪いが、新吾の大事《だいじ》に芝居のことなんぞ気にかけちゃあいられない。

――三左衛門が嫡子と生まれ、十五の年より御近習勤め、
勘平が息継ぎしたのを見計らい、藤九郎がすうと息を胸の中に吸い込んだそのとき、

――百五十石頂戴いたし、代々塩冶のお扶持を受け、
新吾だ。

舞台にほど近い枡席の中、見慣れた細髷の頭がある。その隣、飾り簪をいくつも挿した頭がそうっと傾き、細髷の肩に乗せられる。

藤九郎は勢いをつけて、花道の上に乗り上げた。客らの視線が一気に刺さる。なんでえあいつは、引き摺《ず》り下ろせ、と投げつけられる罵声《ばせい》を振り切って、花道の上をひた走る。

――束の間ご恩を忘れぬ身が、
小屋内に波立つ騒《ざわ》めきに、新吾の肩がぴくりと動いた。細髷頭はゆっくりと振り返り、その尖った鼻先がこけた頬の線から現れ出るのが目に映って、それで、

――色にふけったばっかりに。

藤九郎が瞬きをした間のことだった。

目を閉じて、開いたときにはもう、新吾の首は折れていた。

客らは花道に突っ立った藤九郎に野次を飛ばすのに必死な様子で、今まさに生まれた屍体に気付いちゃいない。動けないでいる藤九郎の耳元で、ぴちりと皮の引っ付いた唇の開く音がする。

「死んだな」

魚之助の声はひどく落ち着いていた。

気づけば、藤九郎は小屋の裏手に転がっていた。留場に両脇を抱えられ引き摺り出された己に対して、魚之助は石造りの天水桶の上にちょんと乗せられ、留場と何やら親しげに喋っている。おそらく屍体を回収したかどうかを聞いている。魚之助は言うだろう。頓馬《とんま》があれだけ花道で暴れよったんや。それに乗じりゃ、屍体を一つ客席から持ち去るなんて造作のないことだしたやろ。ええ、今は衣裳蔵に、と留場は頷くはずだ。屍体の存在をすぐに教えてくださって助かったと座元も仰っておりやして。貸しや貸し、んふふ。たぶん、そんな会話をしている。この芝居者どもは。

溝板《どぶいた》に尻餅をついたままの藤九郎のそばで、魚之助がそっと膝を折る。「信天」と囁く息が頰に当たる。その息は平生よりも熱い気がした。

「信天、お前、屍体を一等近くで見たんやろ。あいつはどんな手口で殺されとった。耳に棒を差し込まれとったか。口ん中に鈴は入っとったか。それとも新しい見立てで殺されよったか」

「……何を言っているんですか」

弾んだ声に顔を上げると、火照って頰が赤くなっている顔が目の前にある。

「しゃあないやろ。お前の図体が大きいせいで屍体がよう見えへんかったんやもの」

まだまだ育つ気かいな唐変木、と魚之助はくすくすと笑っている。

「……新吾が殺されたんですよ」

「お可哀想に。せやから、あたしはあの女には気をつけえと言うとったんや」

これみよがしに眉を八の字に寄せておきながら、せやけど、と一転、目の中には綺羅が刷《は》かれる。

「せやけど、これで見立ての見本が増えたんや。見立て殺しをする理由を解く材料がひとつ増えたっちゅうわけやな」

ええやないの、と魚之助は目を細める。

なにがよいものか、と藤九郎は歯を噛み締める。

一緒に飯を食らい、一緒に語らった友人が首を折られて死んだことのなにがよいものか!

藤九郎の口から漏れる荒い息にもとんと気づかず、魚之助は口端を上げて、

「これまた、おもろぉなってきたやないか」

「やめてくれ!」

もう我慢なぞできなかった。喉を一気に駆け上がった怒号に、魚之助は目を丸くしている。小屋前の通りを行き交う人々も足を止め、顔をこちらへと向けているが、言葉はまだ次々と迫《せ》り上がってくる。

「面白いだなんて、どうしてそんなひでえことが言えるんだよ。面と向かって言葉を交わしたことのある相手だ、心はぎうっと傷まねえのか。俺はさっきから後悔しきりだ」

もっと早く二人が芝居を見に行ったことに気づいていりゃあ。もっと早く芝居小屋に駆

け込むことができていりゃあ。もっと早く大声を出せていりゃあ。

そんな悔恨《かいこん》が藤九郎の胸内を轟々《ごうごう》と渦巻いているというのに、この女形は笑みを浮かべ、新吾の屍体を花札の手札が増えたごとくに喜んでいる。

ふと周りに目をやれば、先ほど藤九郎の怒号に足を止めていた人の姿はどこにもなかった。皆一様に、せかせか足を動かしているのは、さっきから幕開きを合図する柝《き》の音が聞こえてくるからだろう。この大通りを行き交う人間は、小屋前のいざこざなんぞより舞台上の仇討ちの方が大切というわけで、そうか。藤九郎の肚にすとんと落ちるものがある。

「そうか、あんたは死んだ人間じゃなくて、死んだ理由の方が大事なんだな」

屍体の名前も、屍体の顔も、屍体の性格も、魚之助には必要がなかった。ただ、死に方さえわかればいい。死に方から見立てを解き、その下手人の心の動き様が己の芸の足しになりゃあそれでいい。

それは人間として正しい道理であろうか。

藤九郎の頭のどこかで、きゃらきゃらと女子たちの笑い声が響いている。

その考え方は人間としての一線を越えてやしないだろうか。

「そんなの、人間じゃなくて化け者じゃねえか」

呟きが地面に滴り落ちてから、藤九郎は、はっと顔を上げる。

「ちげえ、今のは」

慌てて、言葉の染み入ったあたりに膝を滑らしたが、魚之助は「化け者か」と藤九郎の

吐いた言葉をなぞるように呟いて、

「あたしは化け者に戻れたんやろか」

向けられた顔には歪《いびつ》な笑みが浮かんでいる。

「ちげえよ、魚之助。お前は化け者なんかじゃねえ」

手までついての藤九郎の訴えを「あたしはな」と囁く声で打ち切って、

「あたしは化け者でなくなんのが、怖い」

魚之助はぽつりと言う。

「このところ、よう爪が鳴るなあと思うとったんや。煙管を遣うにも湯呑みを持つのにも、しょっちゅうかしりかしりと音が出た。せやけど、そんな爪の音なんぞ右耳に入るなり、すぐ左耳へと抜けていく。あたしの耳の中に残るんは高尾の餌を強請《ねだ》る甘え声だの、めるをおちょくる揚巻の喉鳴りだの、どこぞの唐変木が廊下を渡ってくる足音や。したら、ある日、めるが言う。魚様、お爪が。見下ろして仰天したわ」

爪が伸びとる。

以前の藤九郎なら言ったろう。なんです、そんな小せえこと、と。だが、魚之助の隣でいくつも舞台を見てきた藤九郎は何も言えない。だんまりの藤九郎を見て、「せやろ」と魚之助はせせら嗤《わら》う。

「せやろ、お笑い種《ぐさ》でっしゃろ。女形は爪の先までしなをつくってこそ一人前と言い聞かせとったあたしが、伸びきった爪を晒しとるんやもの。屍体の小指の爪にはすぐに目がいって、連れ立ち人がおるやおらんや語っとったあたしが、とんだ間抜けなことだっせ」

終《しま》いにゃ、餡子《あんこ》や、と魚之助の声は裏返る。

「お前と食べた金鍔《きんつば》の餡子が爪の間に挟まっとった。そんな女形がどこにおるっちゅうんや」

そう吐き捨てる魚之助の頬は金鍔であんなにも膨れていたというのに、今は冴《さ》え冴えとした黒子が二つぽつんとしている。藤九郎はなんだか無性に腹が立った。

「化け者に戻る必要がどこにあるってんです」思わず挑みかかるような口振りになる。

「あんたは芝居者も若隠居も、両方楽しんじまえばいいんですよ。どちらかを選ぶ必要なんてない。俺があんたの隣でずうっと見ておりますとも」

「いつまでや」

切り返されて、驚いた。

「え」

「お優しい鳥屋のご主人は、いつまであたしのそばにおってくれるのや」

突拍子もない問いかけに詰まると、

「えろう気色の悪いことを言うとると思っとんのやろ」

魚之助はけらけらと笑う。反り返った首筋がいやに白く思えて、ぼんやりそれを見ていると、魚之助は膝頭を寄せてきて言う。

「皺が増えたと思いまへんか」

藤九郎は魚之助の首筋をまじと見る。

「そんで、あの女形のお首はお綺麗やったと、そう思ってはおりまへんか」

白く細い首を汗の玉がいくつも流れ落ちている。

「くわえて若《わこ》うて、えろう別嬪《べつぴん》さんで、芝居のためなら湯灌場買いやと嘘を吐き、人を傷つけることなんてなんとも思っとらへん化け者や」

汗の玉が真っ直ぐ下には流れないのは、浮き出た筋に沿っているからだろうか。それとも皺のせいだろうか。魚之助の首筋からは、ほんの少しだけ饐《す》えた汗の匂いがした。

「それに比べてあんたの目の前にいる元女形はどうでっか。揚巻の蚤《のみ》取りをするおかげで背筋は曲がって、女中らにお針を習い始めた手首は固く、誰かさんの背中に乗ってばかりの尻は垂れ肉《じし》、爪の間にゃ餡子が詰まってやがる。そうやってゆるゆる楽しく時を過ごして、いざ、お前がおれへんようになったとき、あたしは歳を喰ったただの男になっとんのやで。背骨も曲がって皺だらけで、舞台に立っていたなんぞ言うたら笑われる。そんな人間が一人、どないして生きていったらええのん」

魚之助は捲し立てるが、藤九郎はぽかりと口が開くばかり。なぜって、藤九郎には目の前の元女形の年老いた姿が、どうしたって想像できないでいる。

「お前のせいや」

此度の事件の始まりだっていつもと同じ、何一つ変わらなかったではないか。

藤九郎の働く鳥屋にねらねら揚巻がやってきて幕開き。揚巻に連れられ、はてさて今日はどんな事件か、藤九郎は魚之助の家に上がりこむ。一等奥の小部屋で待ち受けている魚之助は、出会った頃から変わることのない美しさで——。

「お前のせいで、あたしは変わってもうたんや！」

藤九郎は、魚之助が呼び止めた駕籠に乗ってどこぞへと行くのを黙って見ていた。それから、己も小屋から逃げるようにして帰路についた。

次の日、座元の手下が新吾の死に絵を届けにきたが、受け取ったその場で竈《かまど》の火にくべた。


芝居町を通らぬように回り道をし、住吉町の隅ながらでんと構えられた屋敷の前で、藤九郎は足を止めた。勝手を知りすぎた屋敷裏手の内玄関に回り込み、馴染《なじ》みの女中には声すらかけない。そのまま板間に上がり、廊下を進むと案内役が足を踏み鳴らしながら追いかけてくる。

「こらぁ、感心感心」

笑みを含んだ声が右頬に粘ついてくる。

「めるが代わりに殴ったらんでも、前のあんさんに戻っているやおまへんか」

「前の俺とはどんなです」

「魚様《とと》のことを得体が知れんと思っとる藤九郎はんだす」

「……魚之助は奥の部屋ですか」

無理やり話を打ち切ったにもかかわらず、すいと前を歩いてくれる長身を訝《いぶか》しく思ったが、やはり案の定、奥部屋から一つ手前の部屋に案内され、向かい合うように座っての開口一番、

「魚様なら朝から芝居小屋に出かけておりまっせ」

めるは楽しそうに言い放つ。だが、これに憤っているようでは長年、魚之助の隣に収まってはおられない。

「それなら申し訳ねえが、ここでお暇《いとま》させていただきます」

藤九郎は静かに腰を上げた。

新吾が死んでから今日で三日が経つ。藤九郎は悶々《もんもん》考えたが、未《ま》だわからない。己が何を魚之助に言ってやるべきか、己に何ができるのか。わからないが、魚之助の顔を真っ向から見据えてもう一度話をせねばと思った。そうして、気合を入れて紅殻《べんがら》塗りの格子戸を叩《たた》いたというのに、この男はこうして藤九郎のずんと据えた腰を折ってくる。

「そら困りますわ。めるはあんたに用があるのに」

言いながら、めるは藤九郎の前に置いた湯呑《ゆの》みにとぽぽと鉄瓶で麦湯を注ぐ。

「用とはなんです」

「あんたのお顔を堪能《たんのう》させてもらおう思いまして」

未だ中腰の藤九郎を見上げ、めるは鶯《うぐいす》色の眼をきゅうっと眇《すが》める。

「言うたやないですか。てめえの面《つら》が気に食わへんと。腐り始めた魚に群がる小蠅《こばえ》の面をしてらっしゃる。その小蠅の情けない面が拝めるなんて早々ありまへんで」

その言葉に藤九郎は尻《しり》を畳の上に勢いよく戻す。

めるが己を嫌っていることなぞ、とうの昔から知っている。魚之助のもとを訪れるたびに突っ掛かられてきたのだ。己への罵詈《ばり》雑言は慣れたもの。だが、と藤九郎は目の前の男を睨《にら》みつける。こいつは今、魚之助のことを腐り始めていると言ったのか。

ははあ、とめるは嬉《うれ》しそうな声を上げる。

「怒ってはりますなぁ」

ひそめられた声が、藤九郎の産毛を逆立ててくる。

「己のことやのうて、魚様が貶《おとし》められたことに怒ってはる」

「怒ってなにが悪いんですか」

「ほんに優しい。ぽかぽかしたお人ですわ」

めるはわざとらしく団扇《うちわ》を引き寄せ、自分に向かって扇《あお》ぎ始める。

「魚様へのお心遣いもお言葉も、ぽかぽかとあたたかいこって。そんなあたたかな人が近くにおるせいで、魚様は腐っていきはるんでっせ」

「魚之助の何を見て腐っているって言うんだよ。あいつは一歩ずつでも前に向かって進もうとしているじゃねえか。義足をつけて歩く姿はあんたが一番見ているはずだ」

「ええ、ええ。歩くのが大変お上手になりはった。そんで、その分、泳ぐのが下手になりはった」

「何を訳のわからねえことを」

「義足を芝居のためには使いはらへんで、己の日々の楽しみのために使ってはる。例えば、でっか。例えば、お部屋に入ってきたあんたを義足を使って驚かせようとしてはった」

部屋に入るなり、手首をきゅうっと握られたことを藤九郎はよく覚えている。跳び上がった己を見て、襖《ふすま》にもたれかかりながらくすくす笑っていた魚之助の子供振りに藤九郎の口端は自然と緩んだというのに、目の前のめるの口端は歪《いびつ》なほど吊《つ》り上がっている。

「俺はそんなことのために義足を用意したわけやありまへん。そないな使われ方をされたら、そら、尾ひれも腐っていきますで。魚は足が早いんですから」

言ってから、あ、とめるは手を打って、

「せやった。御御足《おみあし》、なくなってはるんやったわ」

たまらず藤九郎はめるの胸ぐらを摑《つか》み上げたが、めるはなおも言い募る。

「俺ぁ、初っ端《ぱな》に忠告したはずや。あんたはあの人の底に溜《た》まった泥の色を知らへんと。あんたはあの人のことを何にもわかっちゃおりません」

「だから俺は変わろうとしてるんじゃねえか！」

藤九郎は喉を張り上げる。

「あんたの言う通りさ。俺は魚之助のことを何にもわかっちゃいねえ。俺にとっちゃあまだまだ魚之助は得体の知れねえお人だよ。でもだからこそ、俺は芝居のことを色々と学んでいるんじゃねえか。魚之助の心持ちにちっとでも添えるように。もどきでもいいから、俺も芝居者になれるようにと」

「芝居者になろうと頑張りはって、それでどないなりました」

割り入っためるの声があまりに嬉しそうで、藤九郎は思わず口を閉じた。

「魚様からよう置いていかれるようになったとは思いまへんか」

何も応《こた》えぬ、応えられぬ藤九郎に、めるは、はあ、と片頬に手を添えて、

「こんなに頓馬《とんま》やと、なんやお可哀想になってきますなあ」と芝居がかった仕草をする。

しょうがあらへんから、一つ教えといたりましょう。

めるの長い首が伸び、藤九郎の耳元に寄せられる。

「あんたが近づけば近づくほど、魚様は逃げていきはりまっせ」

ぴょう、と上手《うま》くもない鳥の鳴き声が、耳たぶにへばり付く。

「あんた、このままやったら、人魚を喰《く》ろうてしまいまっせ」

ねえ、阿呆鳥《あほうどり》。

信天さん、とかけられた声に藤九郎とめるが二人して部屋の入り口を見やると、女中が開けた襖からひょこりと顔を出している。それから、お客様がお見えですよ、とすんなり告げた。

廊下を足早に戻って玄関、上がり框《がまち》には狐色の小袖《こそで》を着た男が一人腰掛けている。こちらを振り返り、つと細められる目も狐に似ている。

「なんぞお取り込み中でしたかね」

これは失礼を、と下げられた頭を、いいえ、とめるは人が変わったかのような笑顔で受ける。

「こちらの用事は済みましたさかい、あとはどこへなりとお連れになってくださいませ」

犬でも追い払うような言い草だったが、藤九郎にはもう嚙《か》み付く気力もない。男に連れ出されるようにして、魚之助の家をあとにした。

男はまず鳥屋、百千鳥へと向かったのだと言う。しかし、そこに藤九郎の姿はない。店の小僧に聞けば、行き先を知っていると言うものだから、ここまでやって来てしまった、と男は先に詫《わ》び言を入れてから、

「ご挨拶《あいさつ》が遅れましたが、あたしのことはご存じで」とこちらの顔を覗《のぞ》き込む。

阿近さん、と応えると、はい、と微笑んで頷《うなず》く様は、めるを見た後では聖人君子に思えてくるが、今の藤九郎は、芝居小屋のお人というだけで身構えてしまう。

「俺になんぞご用事で」

「いえね、今、藤九郎さんは白魚屋さんから離れていらっしゃいますでしょう。だから、藤九郎さんとさしでお話をさせていただくには、この機を逃してはなるめえと」

藤九郎一人に用があるというのなら、そいつはもう、小屋での件に違いない。

「新吾のことなら、俺は何も知りません」

当たりをつけてぶっきらぼうにそう言えば、

「新吾さん」小さく名前を呼んでから「亡くなった小道具方さんですね」と阿近は悲しそうな顔をする。

「藤九郎さんに新吾さんのことを聞くだなんてそんな非道、できるはずがありませんよ。お二人が仲良くされている姿はあたしもよく目にしておりましたから、此度《こたび》の話を聞いたときは、胸が痛みました。友人が死ぬってのはひどくこたえましたでしょう」

藤九郎は鼻の奥がつんとした。そうなのだ、藤九郎が聞きたかったのはこの言葉だった。新吾の死を見立ての一つとして数に入れずに、ただただその喪失を悼《いた》んで欲しかったのだ。だから、新吾さんのお話を聞こうってんじゃないんです、と優しく肩に手を置かれては、藤九郎はすいやせん、と項垂《うなだ》れることしかできず、どうです今宵《こよい》一杯との誘いには、勢いよくうんうん首を縦に振っていた。


店は、阿近の行きつけと言うから芝居町の中だと思いきや、芝居町から通りを二本越えた先、高砂町《たかさご》の路地にあった。

小上がりが三つに卓が四つの小体《こてい》振り、「藤九郎さん、こっちですよ」との涼やかな声も一度で通ってしまうぐらいに客入りも少ない。だが、茄子《なす》の煮浸し、小芋の餡《あん》掛けと阿近の選ぶお菜の品々は口に入れるたび箸《はし》先をねぶってしまうほどの上吉《じょうきち》で、阿近が飯の合間合間に挟んでくる熱燗《あつかん》も胃の腑《ふ》に染み渡っていく。くわえて、阿近は藤九郎が腹に飼う疳《かん》の虫の喉《のど》元を撫《な》でるのが上手い。阿近の手管に藤九郎がぽろりと一つ愚痴をこぼせば、それを種にして二つも三つも引き出してくる。

「そうも頻々《ひんぴん》に呼び出しておきながら、なんの前触れもなくぱったり御御足役はお役御免ですか。白魚屋さんの気儘《きまま》な性分には勘弁願いたいところですね」

対面に座る阿近の言葉に、藤九郎はええ、本当に、と酒混じりの声を出す。

多分、己は少し傷付いてもいたのだ。魚之助の力になれればとその一心で、頭の中の芝居簞笥《だんす》を肥やし、芝居者に近づこうと努めていた。だというのに、魚之助にはお前のせいで変わってしまったと罵《ののし》られ、めるには頓馬だと馬鹿にされ。

「白魚屋さんのお供は、思っている以上に大変なお仕事なんですねえ」なぞとしみじみ言われると、じいんと胸にくるものがある。

「でも、そいつを言うなら、阿近さんだって難儀なお立場でいらっしゃるじゃあないですか」

楽屋内を見たのは数回きりだが、一癖も二癖もあるあの役者らをまとめ上げていたのは、疑いようもなくこの若手役者だった。その気苦労はいかほどかと藤九郎は察するが、阿近は、滅相もねえ、と手を振った。

「あたしは木端《こつぱ》な立役《たちやく》ですよ。あの名題《なだい》のお歴々がいらっしゃる中、ここまで押し上げていただいたのはすべてお稲荷《いなり》様のお気まぐれ。こんなあたしができることといやあ、お歴々の心持ちを聞いて回るぐらいで」

とんでもなく出来たお人だ。芝居者とは思えねえ。藤九郎は銚子《ちょうし》を手に取り、阿近の猪《ちょ》口《こ》へとぷとぷとやる。

「そいつが役者さん方の絆《きずな》を繋《つな》ぐ大事な要石《かなめいし》となっているんですね」

「いいえ、そんな大層な役目じゃありません。でも、あたしのその御用聞きで楽屋内の風が通りゃあいい。役者衆が皆、芝居を気持ちよくやれりゃあいいとそう思っておりました」

ですがねぇ。阿近は猪口をぐいと飲み干し、

「白魚屋さんのおかげで、全てがおじゃんです」

藤九郎は箸を止めた。

「あのお人が小屋乗り込みを果たして、楽屋内を掻《か》き回してくだすった日から、役者衆は変わってしまいになった。皆、少しでも舞台に痕《あと》を残してやろうと己の爪のお手入れに勤《いそ》しむばかりで、楽屋に吹く風にひくりとも鼻をお動かしにならない。芝居の最中も、我が我がと前にお出になる。駒瀬さんだってあんなに生真面目なお方でしたのに、白魚屋さんのお話を聞いて頬を叩《はた》かれたようなお顔をされていらしゃった。結句、あんな騒ぎを起こされた」

おそらく客席の屍体《したい》を使った趣向のことを言っている。駒瀬がいきなり客席の屍体を指差し繰り出した台詞《せりふ》は、阿近が咄嗟《とっさ》の捨て台詞をおっ被《かぶ》せたことで事なきを得た。阿近の薄い唇からため息が漏れるのも当然だ。と思ったところで、はて。藤九郎は少しばかり引っかかる。その時、屍体となったお人の名前はなんと言ったか。

「化け者比べをしているんですよ」

藤九郎は阿近を見た。阿近は鱈《たら》の焼き物を美しい手つきでほぐしている。酔っているのではない。その証拠に、続けられる言葉も澱《よど》みない。

「今の役者衆は己がどれだけ化け者であるかを競っていらっしゃるんです。化け者であればあるほど、役者として傑《すぐ》れているのだそうですよ」

気色の悪いことですねえ、と阿近は言う。

「どれだけ人間の部分を捨て去ることができたかで、芝居への熱意を測ろうとしているんです」

俺ぁ、近くで付け火があったとき、怯《おび》えるお人のお顔を見たくって己の身などそっちのけで駆けつけちまった。私は近頃、毎日犬猫を蹴飛《けと》ばしておりますよ。あれらのきゃんやらぎゃんやらの悲鳴が芝居に活《い》かせる気がしましてね。

「そんな突飛な会話が楽屋で飛び交っておりますよ。中にはその突飛さを舞台に持ち込もうとする輩《やから》もいらっしゃる。あたしは、こつこつと芝居の腕を磨いてきた役者たちが、そんな趣向に邪魔されちまうのが、かわいそうでならないんです」

藤九郎はふと、恋の神様に願った女子《おなご》らと似ていると思った。

あの女子たちは、己の恋の重さを証立《あかし》てするため、人の命を使おうとしていた。

そして、役者たちは、芝居への熱意を証立てするために、己の中の人間を捨てようとしているのか。

「何かを捧《ささ》げなけりゃ何かの価値を信じることができないだなんて、あたしには理解ができません」

細い眼にじいっと見つめられ、

「そ、そうですよね」と藤九郎は慌てて頷く。

「ええ、そうですとも」細い眼は弧を描く。「藤九郎さんはそう仰《おっしゃ》ってくれると思っておりました」

腰高障子がからりと開く音がして、藤九郎は逃げるようにそちらに目をやった。

「あなたはそちら側の人間ではいらっしゃらない。ですから、あたしはあなたにお話をしたかった」

紺色の店暖簾《のれん》をついっと捲《まく》り上げる手のひらは真っ白い。応対をする女中が頬を赤らめるほどの顔面の良さは、役者として通用していたと知っている。

店に入ってきた男は真っ直ぐこちらへと歩みを進めて、阿近の隣に尻を置いた。

「藤九郎さんにはこいつのお話も聞いていただきたくってね」

音もさせずに席につくその人形振り。こちらに向かって頭を下げたそのお人は、魚之助の屋敷で客殺しの事件のあらましを語ったあの桟敷《さじき》番だった。

「千代蔵は語っている最中、ひどく恐ろしかったそうですよ」

阿近は小皿と猪口を千代蔵の前に並べるが、千代蔵の手は左右の膝《ひざ》を揉《も》み込むばかりで動かない。

「恐ろしかった？　何がです」

千代蔵は暫《しば》しの間、俯《うつむ》いたままだった。しかし、阿近の猪口の底がかつんと鳴って

「……喜んでいらしゃった」とぽつりと言った。

「人が死んでいるというのに、俺を口上人形に見立てて喜んでおりました。忠臣蔵は大序の前に口上人形で始まるのが慣《なら》い、俺のような人形に似た男が事件の筋を語るのは洒落《しゃれ》ているいると」

「千代蔵の語りの後、白魚屋さんがいの一番に尋ねたのが屍体の死に因だったと言っていたね」

怯える千代蔵の台詞を引き取って、阿近は千代蔵の肩に手を乗せる。

「耳穴に棒が突っ込まれたその死に方にそそられる、とも仰っていなすったんだろう。尋常なら、仏を哀れだと思って、その身元が気になるもんじゃないんですかねえ。屍体を面白がっているだなんて」

そんなのただの外道じゃありませんか。

吐かれた阿近の言葉に千代蔵はそろりと顔を上げた。彫られたかのようなその二皮目《ふたかわめ》と藤九郎は間違いなく目が合った。千代蔵は慌てたように目を逸《そ》らしたが、藤九郎は千代蔵から目を離せぬまま、呆然《ぼうぜん》と考えている。

己はあの時、屍体を哀れだと思えていただろうか。

客殺しの話を聞いて、見立てだと笑みを浮かべた魚之助を、己はきちんと怒ることができていただろうか。いや、俺は。藤九郎は己の口元を手で覆う。こいつの子供振りがまた

ぞろ出ていると、そんなことを思いながら、口元に浮かべていたのは苦笑いだった。

「で、でも、役者だから仕方がないことなのかもしれませんね。役者子供という言葉もありますし」

おずおずと言葉を濁《にご》そうとする千代蔵を「そんな都合のいいもので誤魔化しちゃあいけないよ」阿近はしっかりと叱りつける。

「子供であっても道理に適《かな》ってないことを仕出かせば、親に尻を打たれなきゃいけない。だが、役者は芝居国で芝居者だけに通用する道理で動いている。この世にある全ての中で、芝居が一等先にくると、そう信じて疑わねえ御仁もいらっしゃるのさ」

魚之助は芝居の柄行を一つも身につけていなかった屍体に対し、そんな客はいないと言い切った。藤九郎はそれに引っかかるものはありつつも否やをとなえなかった。芝居を見にくる客らは必ず、芝居に夢中であるものとの決めつけを、己はすとんと呑み込んでいた。

「白魚屋さんは本当に子供のようでしたよ。事件を調べるために小屋に出入りをしているかと思ったら、いつの間にか楽屋に入り浸って役者衆に指南をしていらっしゃいました」

「あの方の中じゃあ、芝居に勝るものは何もないのさ。芝居事で気になることがひとつでもあれば、客殺しなんてそっちのけなんだよ」

なあ、藤九郎さん。

呼びかけられて、藤九郎はびくりと肩を揺らした。頭の内で芝居箪笥の軋《きし》む音がする。

「そんなお人は外道だとは思いませんか。人間じゃあない。化け者だとは思いませんか」

耳に入った阿近の台詞は、藤九郎の舌の上にぴったと嵌《は》まる。

そんなの、人間じゃなくて化け者じゃねえか。

藤九郎も魚之助にそんな台詞を吐いたけれど、違うのだ。

藤九郎も屍体を人間として扱ってはいなかった。此度は死んだ人間が新吾であったから、己の友人であったから、己はあれほど怒り悔いて詰《なじ》った。もしあれが、どこぞの誰かであったなら、これまでと同じように見立てを解くための手札としか思っていなかったろう。

化け者なのは、己もだ。

藤九郎の手から落ちた猪口が卓の上に転がる。それを拾って藤九郎の手に持たせ、酒を注ぎながら阿近は「早くお逃げになった方がいい」と囁《ささや》いてくる。

「小屋の板の上では現《うつつ》と嘘が綯《ない》交《ま》ぜになっております。そこにいると道理も何もわからぬようになって、抜け出せなくなる芝居者が多くいる。あなたは片足がずっぽりいっちまってる。このままだといずれ引っ張り込まれちまいますよ。だからあたしはあなたに忠告をしているんです。早くそこから、白魚屋さんの隣からお逃げになった方がいいと」

藤九郎は首を垂れて、しかしふと、目の前のこの優しげな声を出す役者のことが気になった。

「阿近さんはどうして俺にそんな忠告をしてくれるんです」

阿近は微笑んだ。そして優しげな声のままで、

「白魚屋さんが鬱陶《うっとう》しくて敵《かな》わないんですよ」と言う。

「給金を貰《もら》った分だけお仕事をするのが、あたしの信条。そのためには楽屋内が波風立たず、仲良し小好《よ》しであった方がやり易いんです。此度だってそうやってあたしがうまく糸を引いていたってのに、あの人がちょっと爪先を入れただけで、一気に吹き荒らされてしまいましたよ」

「魚之助が楽屋乗り込みをしたからですか」

「白魚屋さんがいるとね、皆、頑張ろうとしてしまうんですよ。あの人が垂れ流している芸品に嬲《なぶ》られて、少しでもいい芝居をしようとする」

面倒くさいんですよ。

阿近が酒を干すのを見て、今気づく。この男、ほんの一寸も赤くなっていない。

「藤九郎さんだってそうじゃありませんか。魚之助さんのせいで、あなたは己の性分を変えられているんですよ」

「でも俺は」藤九郎はぐうと下唇を嚙む。「魚之助の傍にいてあげたいんです」

へえ、と阿近は片方の口端を上げた。なるほど、藤九郎さんは根っからの善人でいらっしゃる。

「でも、あなたにあの人の面倒を見てやる義理がどこにあるってんですか。幼い頃からの馴染でもない、友人でもない、恋人でもない。ただ、鳥を売った売られたの間柄。一生一緒に生きていくわけでもあるまいに」

いつまでや。

そう藤九郎に問いかけた魚之助の顔が浮かび上がる。

お優しい鳥屋のご主人は、いつまであたしのそばにおってくれるのや。

「あの人の芸への入れ様は、己の身なんぞそっちのけです。なんでも白魚屋さん、己の身を餌にして下手人を釣ろうと仕組んでいるらしいじゃないですか。己の身の扱いでさえそうなんですから、藤九郎さんもいつかその身体を芸の足しに使われてしまいますよ」

夜四つの鐘が鳴り、その音に腕を取られるようにして卓を立つ。阿近は膝あたりを軽く払うが、小袖には魚のほぐし身のひとかけらもこぼれていない。

「このまま、この芝居小屋に身を置いていては、化け者になってしまいますよ」

そう言い置いて、千代蔵と連れ立ち夜道へ消えていく阿近の後ろ姿を、藤九郎はぼんやりと見つめる。

変わってしまったんだろうか。己は。


「そら変わりましたえ」

さっぱりと、だがどこか冷や水が染みているような甘やかな声にばっさり斬られる。でも、だの、しかし、だのを無理やり舌に乗せてはみるが、

「わちきらの善《よ》がり声が聞こえてくるたび、びくびくしとった初蔵《うぶぞう》さんが、今やここでこうして楽しうお喋《しゃべ》りできているんが、何よりの証立てと違いますのん」

と言われては、藤九郎はもう黙りこくるしかない。だが、そんな藤九郎の手を取って、

指の股《また》に煙管《キセル》を挟んでくるところは流石《さすが》の手管で、藤九郎がそろりと目を上げると、目の前の女郎は嫣然《えんぜん》と笑っている。その美しい顔を見て、藤九郎はまたぞろ項垂れた。

やはり己は変わってしまった。

どうしても話が聞きたいとそれだけで、江戸一の遊郭吉原の、大見世玉鶴屋《たまづるや》に一人乗り込み、数月先まで客の名差しで埋まっている人気花魁《おいらん》、蜥蜴《とかげ》の時を搔《か》っ攫《さら》っているだなんて、そんな度肝が以前の己にあったはずがない。

「お魚《とと》は元気にしておりいすか」

蜥蜴に問われて、藤九郎はきょとんとする。

「あいつはここに来ていないんですか」

あい、と頷いてから、蜥蜴は玉虫色の唇を尖《とが》らせる。

「最後にあの顔を拝んだのはもう二《ふ》タ月も前でござんすよ。信天様のお背中に張り付いているんが楽しくならしゃったんでしょう。おかげでちいともわちきに会いに来てくださらない」

悪い鳥さんでござんすなあ、と藤九郎の手の甲をついっとつねり上げるとき、仔猫《こねこ》のように爪を立てるところは誰かさんとよく似ている。

蜥蜴と魚之助は幼い時期を共に大坂《おおさか》で過ごしていたという。どのような暮らし振りであったのか、藤九郎は知らない。だが、幼い蜥蜴と魚之助にとって、簪《かんざし》は頭に挿すものでなく尻に入れて解《ほぐ》すものであり、葛湯《くずゆ》は蜜《みつ》をかけて食うものでなく体に塗りつけるものであったと聞いている。そこらの事情を知っているからだろうか、玉鶴屋は魚之助のこととあれば、蜥蜴の無茶なわがままを通してくれる。今宵も蜥蜴には客がいたが、お得意の持病の癪《しゃく》の差し込みでお帰り願っていた。

「それで鳥様がわちきに会いに来られたのは、ご自身の変わり様を確かめたかったからでござんすか」

女郎は見世に出る間に人と会う場合、店に対して身銭を切る。要は己で稼いだ金子で己の時間を購《あがな》うわけだ。だから、藤九郎が部屋に居座る分、蜥蜴は金襴緞子《きんらんどんす》の布団の中で客と過ごさなければならぬようになる。申し訳が立たねえと、藤九郎は懐の内から掻き集めたが、人気花魁の一夜を購うには到底足りなかった。たぶん、蜥蜴も藤九郎の手の甲をぺんと叩いて、財布を受け取らなかった。だが、藤九郎はそうなることがわかっていた。金子は足りぬし、蜥蜴が財布を受け取らぬことをわかっていたが、ここに来ずにはおられなかった。おずと藤九郎は口を開く。

「俺はこのままだと化け者になってしまうらしいんです」

「あら、鳥様の頭から角が生えるのん。それは可愛らしゅうござんすわいなあ」

「可愛らしくなんてないんです」

藤九郎の硬い声色に、蜥蜴は咥《くわ》えていた煙管を口から離した。その煙管がことりと置かれる煙草盆は黒漆塗りに透かし彫り。先に置かれていた銀煙管の吸い口は蜥蜴がお帰り願った客の涎《よだれ》で、てらてらと濡《ぬ》れている。

「今だって俺はあなたに会いに来ている。蜥蜴さんは、魚之助の名前を出しさえすりゃあ必ず客を追い返すと、そんな魂胆が俺にはたしかにありました。蜥蜴さんが身銭を切るとわかっていたのに、俺は魚之助のことを一等知っているのはあなただからとそれだけで今、ここに尻を下ろしている」

そもそも魚之助のことを考えているのがおかしいんです、と藤九郎は呻《うめ》くように言う。

「数日前に友達が死んで、その死に関わった下手人がわかっていて、なのに俺はそいつを放り出しているんです。俺はもう、人の命がどうでもよくなっちまったんでしょうか。俺はもう、人の生き死にを尊べなくなっちまったんでしょうか」

果たして己はそんな人間だっただろうか。己はいつから変わってしまったのだろうか。いや、よせ。藤九郎は己の眉間《みけん》に拳《こぶし》を押し込む。惚《ぼ》けた振りまで上手くなりやがって。答えなど、とっくのとうに出ているじゃねえか。

魚之助と出会ってしまったからだ。芝居を知ってしまったからだ。

「芝居の世界は俺みたいな半ちく者が気軽に足を入れちゃあいけねえ国だったんです。俺はもう、芝居にゃ関わらない方がいいんです」

言い終え、藤九郎は顔を伏せる。蜥蜴も黙ったままでいた。二人して、襖の向こうから染み入ってくる嬌声《きょうせい》を身じろぎひとつせずに聞いていた。女郎らの湿った息継ぎの合間を縫うようにして、蜥蜴が囁く。

「変わることって、とっても恐ろしいことでござんすねえ」

ひどく静かな声だった。目の前の花魁は、嬌声を鳥の囀《さえず》りのごとくに聞いている。

「でも変わることで、得るものも沢山ございましょう」

「化け者になって得るものですか」

藤九郎は片方の口端を、牙《きば》でも見せつけるかのようにして上げる。

「そんなものに何の価値があるってんです。現に俺は人を傷つけました」

「あら、人を傷つけずに生きていける人なんぞ、この世におりますやろか」

藤九郎がぱちくりと目を瞬かせると、蜥蜴はくすりと笑う。

「己が聖人と思い上がっちゃいけませんえ。鳥様がすうはあ息を吐いているだけで、鳥様のことが憎くて堪《たま》らないお人もいるでしょう。でも、鳥様がすうはあ息を吐いているだけで救われているお人だってこの世にはおりいす」

ここで魚之助の顔が出てくる己は蜥蜴の言うように思い上がっているのだろう。しかし、蜥蜴は藤九郎の顔を見て、ええ、と微笑む。

「魚は前よりもずうっと健やかになりました」

「でも、それは魚之助にとって良いことじゃない。あいつは俺のせいで変わってしまったと悩んでいました」

「魚は藤九郎さまの目から見て、どのように変わりました?」

言われて、思い浮かべる藤九郎の中の魚之助は、目尻に何本も皺《しわ》を寄せ、爪の間に高尾の餌である粟《あわ》粒を入れたままで笑っている。

「魚の変わったところをどう思われました」

好きだと思った。でもそれは、魚之助にとっては憎らしい部分であるはずで、藤九郎は何も言うことができないでいる。藤九郎様、と蜥蜴は柔らかな声で名を呼んだ。

「藤九郎様はやっぱりとってもお優しい」

藤九郎の手をとって、ですから、と続ける。

「その優しさがあの子にとっては恐ろしくて恐ろしくて、遠ざけてしまうのでござんしょう」

え、と顔を上げるが、蜥蜴は何も答えちゃくれない。ただ、大丈夫、と藤九郎の手を取ったままで立ち上がる。

「大丈夫、あなたは化け者になったりいたしんせん」

襖を開けられ、女郎の嬌声が飛び交う廊下へと押し出される。

「あなたの芯《しん》のところはどうやっても変わらへんのやから」

背骨をなぞられ、最後にぺんと尻を叩かれた。


次の日、藤九郎は中村座へ行った。

幕間《まくあい》を告げる柝の音を合図に、鼠木戸《ねずみきど》は大通りへと小屋内の客をどっと吐き出す。小屋前の通りは人で溢《あふ》れ返るが、今日はやけに人の声が耳につく。ぐるりと周りを見回してみれば、背丈が人より高い分、芝居客らの興奮している様子が見て取れた。口々から飛び出してくる言葉の頭は駒瀬、駒瀬で、時折魚之助が横入りしてくるが駒瀬が多く、なんでも駒瀬がまたぞろ仏の存在を匂わせるような捨て台詞を舞台で口にしたらしい。だが、仏は客席に未だ現れない。ありゃあ駒瀬の仕込み台詞だったのよ、と客は言う。前にあったのと同じく勘平とお軽の別れの場で、仏の仕込みが披露されるに違いねえ。いいや、それじゃあ芸がない。俺は由良之助の茶屋遊びで仏が出てくると見ているよ。仏探しも良いけど、あたしは白魚屋を見つけてみたいねえ。噂じゃいつもの桟敷席じゃなくって土間に潜んでいるそうじゃないか。仏様も白魚屋もこの目で直《じか》に拝めたら、寿命も延びるってもんよ。

客らの笑い声を横聞きにして、藤九郎は木戸口で木札を購う。初めて知った土間席の値段に芝居篳篥が久しぶりにことりと鳴った。

木戸をくぐり抜けると、小屋内が客らの啜《すす》り泣きで湿っぽいのはあの日と同じだった。舞台の上では浅葱《あさぎ》の紋服《もんぷく》を着付けた勘平が諸肌《もろはだ》脱ぎになっている。

藤九郎は舞台へと歩き出す。

——いかなればこそ勘平は、

と始まった声に藤九郎は、この時初めて舞台にほど近い枡《ます》席のあたりを見た。そこは新吾の死場所だった。すまねえ、と心の内で新吾に詫びる。客席にはやはりいくつも髷《まげ》頭が並んでいたが、藤九郎はあのときと同じように首をぶん回す必要はなかった。一つだけ目の吸い寄せられる頭がある。藤九郎は、本当だ、と思う。

——三左衛門が嫡子と生まれ、十五の年より御近習勤め、本当だ。人の芯のところはどうやったって変わらない。

だから今だって、どんなに姿形を変えたって、その芯のところが藤九郎には見えている。

——百五十石頂戴《ちょうだい》いたし、代々塩冶のお扶持《ふち》を受け、
藤九郎は客席の仕切り板をいくつか乗り越え、客の間を割るようにして進み、

——束の間ご恩を忘れぬ身が、
ぎゅう詰めの枡席の中にいる、一人の男の肩を後ろから引っ摑んだ。

「魚之助」

男髷に頭を結い上げ、灰鼠の素っ気ない小袖に身を包んだ男が、紅どころか白粉《おしろい》のひと匙《さじ》も叩《はた》いていない顔をこちらに向けている。

魚之助を抱えるようにして小屋を出ながら、藤九郎はほうと息が出た。

間に合った。

間に合ってよかったと口端が上がる己はやっぱり変わってしまったのだろうと思う。間に合わなかった新吾への悔恨《かいこん》と、間に合ってよかった嬉しさを藤九郎は今、天秤《てんびん》にかけていて、そして嬉しさの天秤の方が沈み込んでいるのだ。

魚之助の仰天している顔は珍しかったが、一寸《ちょっと》ばかり傷つきもした。「だから、俺ぁ言ったじゃないですか」と拗《す》ねた声も出た。

「あんたが男だろうと、女だろうと俺にゃあどちらでもいいんですと。男に化けたところで、俺には関係がないんです」

口元を震わせる魚之助に藤九郎はくすりと笑う。新吾が死んで日も経たぬうちに笑えてしまう藤九郎を蜥蜴は優しい人間だと言ったけれど、己はやっぱり非道《ひど》い人間だ。化け者になりかけているのやもしれぬ。

だが、

「俺もです」と藤九郎は真っ向から魚之助に言う。

「俺だって、俺がどちらであってもいいんです」

己が人間のままであろうとも、化け者になろうとも。

明日《あした》になれば角が頭を割って生えてくるかもしれないし、明後日《あさって》には黒々とした牙が下唇を突き破っているのかもしれない。いつ己が化け者になってしまうのか、いつまで魚之助の隣にいることができるのか、わからない。

「でも、今、俺はあんたの傍にいたいんです」

藤九郎は魚之助の体を背中に乗せる。義足の冷たい足が腿《もも》に貼り付いた。白く細い腕が藤九郎の首に回される。おずおずと。

魚之助の爪は短く切られ、やすりで整えられていたけれど、藤九郎の首に立てられるとひどく痛かった。

芝居終わりの薄暗い楽屋に、名だたる役者がぞらりと並んでいる。畳をたわませるほどの熱気の内、三分は役者らの肌に残る舞台の残り熱だからいいものの、あとの七分は役者らが己の腑を煮え繰り返しているその熱だ。だが、そんな熱気に囲まれていてなお、駒瀬は薄く笑みを浮かべて主張する。

「今日も屍体の匂いがしたのです」

「いい加減にしてくれないか、駒瀬さん」

役者らの輪をずいと割って出た座元も、その分厚い餅肌《もちはだ》を朱に染めている。

「何度言い張られたとて答えは同じだ。仏は客席から出てこなかったんだよ！」

座元は苛立《いらだ》ちを隠しもせずに畳を叩くが、それを諫《いさ》める者は一人としていない。藤九郎も座元の怒号に腰は上がったが、芝居終わりに小屋から出てくる客の顔を思い出せば、尻を座布団に沈めてしまう。

三段目で吐いた台詞に仏を匂わせた駒瀬はまず六段目であちらにほら、と客席に指を向けた。客らはその指先を辿《たど》って仏を探すが、仏の姿はどこにも見つからない。それから場が変わる毎、駒瀬の指はほらあちらにこちらにと、右へ左へ動いたが、ついぞ仏が客席から見つかることはなかった。

いつもの女子の姿に戻ってすぐに、魚之助は藤九郎を連れて再び鼠木戸をくぐった。駒瀬の指に翻弄《ほんろう》される大勢の頭を桟敷から見下ろし、ちっと舌を打つ。

あの野菜《なっぱ》、芝居をぶち壊しよったな。

「芝居が終《は》ねたあと小屋内から出てくる客はみんなして仏が仏が、とそればかり。由良之助がどうだった、阿近がどうだったと役柄も役者の名前も一切出てきやしない。あんたの趣向のせいですよ、駒瀬さん。今日の客は芝居の筋を追うよりも仏を見つけることに夢中になっていた。一度きりならそれで済んだが、二度も続くと客の頭には仏の存在がこびりつく。明日から客は舞台を見ながら、横目で仏探しに勤しむことになるんですよ」

舞台の上に立つ役者らにとっては、たまったものじゃないだろう。

座元は怒り心頭、楽屋に駒瀬を呼びつけたが、駒瀬はまたぞろ屍体の匂いがしたと言い張るばかり。頑《かたく》なであるところは前と同じであるけれど、藤九郎は駒瀬の顔をうかがい見る。

駒瀬さん、ひどくおやつれになっていらっしゃる。

頬は痩《こ》け目は落ち窪《くぼ》み、化粧を落としたばかりの肌には粉が吹いている。初めて会ったときに感じたあの、もいだばかりの果物のような瑞々《みずみず》しさは耳たぶにすら残っちゃいない。

「へえ、屍体の匂いねえ」と、藤九郎の隣で片方の口端を上げている魚之助の方が、藤九郎の目には若々しく映る。

「屍体の匂いってのはどないな匂いやのん。ひとつ、あたしに教えてくれまへんか」

「……口で説明できるようなものではございません。魚之助様は舞台を離れて長くいらっしゃるから、屍体の匂いをお忘れなのでは」

「いやわ、そない怒りなや。ちょいとかまをかけさせてもろただけやおませんか。せやな。あの匂いは忘れようもあらしませんな。あたしもようけ嗅《か》いできたからわかります。せやからあたしは言い切れるんでっせ」

魚之助はすうと目を細め、

「今日は屍体の匂いなんぞすんとも漂ってこおへんかった、と」

「いいえ！」途端、駒瀬は喉がひっくり返ったかのような声を上げる。「今日も屍体はたしかに客席におりました！」

楽屋中の人間が目を丸くして駒瀬を見やるが、駒瀬はまるでそれに気づいていない。

「ただ見つからなかっただけなのです」と必死に訴える。「もしかすると今も土間の仕切り板の下に入り込んでいるかもしれません。桟敷番はきちんと隅々まで探したんでしょうか。どなたか桟敷番をここに呼んでくださいませ！　もしや誰かが屍体を持って行ってしまったのかも。そうです、そうに違いありません。やはり屍体は客席にあったのです。私にはわかるのです！」

「まあ、そらわかるわなぁ」

魚之助は駒瀬の脂の浮いた鼻面を撫でるように言ってから、

「だって、お前が殺したんやもの」

ぴしゃりと言葉で駒瀬の頬を張る。

「……何をおっしゃっているのか、よく」

「正しく言うんであれば、お前が殺させた。留場《とめば》を雇ってそいつに殺しを行わせた」

駒瀬の顔は一息に青ざめる。が、かろうじて笑みを形取っている唇が、ほほ、と笑い声を上げた。

「何を証にそんな転合《てんごう》を仰《おっしゃ》いますのやら」

「殺しを頼む相手はよう考えて選び」

魚之助の口振りはひどく冷めている。

「金子で釣れる人間は金子で寝返る。袖口の中に放り込んでやったらあの留場、行灯《あんどん》の残り油でも舐《な》めたみたいに、ぺらぺらと喋りおったで」

魚之助を小屋から連れ出してすぐ、藤九郎はなぜ己自身を餌にするような真似をしたのかと魚之助へ問うた。化け物を釣り出したところで、自分が殺されちまったんなら元も子もないでしょう。責める藤九郎に魚之助は呆《あき》れた顔をして、ちゃうわと言い放つ。白粉の仕込みもないのに、あたしが殺されるわけがあらへんやろうが。あたしはただ白魚屋が客席におるっちゅう噂を中村座に流したかっただけや。

あたしが釣り出そうとしたんは化け物やない。人間や。

駒瀬、と魚之助は項垂れる若女形を静かに呼ばわる。

「お前、己の捨て台詞を仕込むために、留場に頼んで人を殺させようとしたな」

魚之助の言葉に駒瀬の口元がほろほろと崩れた。干からび、紅の割れた唇がどうして、と呟《つぶや》く。

「どうして留場は、……加助はそうも軽々しく魚之助様にお話しになりました？　加助は人を殺しましたのに」

「そら、殺してへんからやろ」

その手のひらの返し様には、駒瀬だけでなく楽屋中の人間が目を剝《む》いた。藤九郎だけがただ黙って、魚之助の語った話を思い出している。

「お前が雇った留場は貰った金子を懐に入れて、そのまま逃げよったで」

加助がな、あたしらと蕎麦《そば》を啜ったあの留場、あいつがえろう金を持っとったさかい、酒を片手に詰めてみたんや。そんなら、駒瀬から殺しを頼まれたと宣《のたま》うやないか。へえ、殺すんでっか、と尋ねたら加助は笑っとった。一度目は何がどうまく糸が絡まったのか知りませんがね、屍体が勝手に客席でおぎゃあと生まれて駒瀬さんをだまくらかすことができやした。だが、お次もうまくいくと考えるほど俺ぁ呆助じゃありませんよ。金子だけ頂戴したら、そのままとんずらをこきますよ。

加助は黄色い歯が見えるまで口端を持ち上げて、でもどこか怯えの滲《にじ》んだ顔をして言ったという。

一介の留場に殺しを持ちかけてくるような、とち狂ったお人がいるところにゃこれ以上、身を置いてはいられませんや。

「せやから、あたしは、すんとも屍体の匂いはせえへんと言うたんや」

だんまりの駒瀬に向かって、阿呆が、と魚之助は吐き捨てる。

「そない簡単に人が殺しを請け負うかいな」

言い放ち、だが、その眉間には深く皺が刻まれている。

「舞台の上と現とを綯交ぜにしたらあきまへん。現での人の生き死には、舞台のようにはいかん。いったらあかんのや」

言い聞かせるかのような魚之助の言葉がぽつりと落ちて、それから誰一人として口を開かなかった。身じろぎもせず、畳のささくれの擦《こす》れる音さえ聞こえない。そんな沈黙の中にあったからこそ、ほう、と口から息の漏れる音は楽屋内にとてもよく響いた。

すぐさま、え、と素っ頓狂な声が追いかける。

「私は今、ほうっと息を吐きました?」

きょとりきょとりと駒瀬は迷い子のように、役者らの顔を見回している。つられて藤九郎も楽屋内を見回して、ふと阿近の顔が目についた。眉間に皺を刻み込み、痛ましげに駒瀬を見やるその顔は、魚之助のものと似ている気がした。

「私はどうして息を吐いたんでございましょう?」

駒瀬は甲高い子供のような声で聞き回る。

「もしかして私は、自分が人の殺しに関わっていないと知って安心して、息を吐いたのでございましょうか?」

魚之助が駒瀬の身辺を探り始めたのは、駒瀬が此度の客殺しに関わっているとはどうしても思えなかったからだという。

屍体の匂いがわかるなんぞ、あんなもんそう思い込んで言うとるだけや。

ああ、そうだ。藤九郎は思い出す。この時の魚之助の眉間にも皺は深く刻み込まれて、あいつは人死にに関われるような役者やないんやから。そう言った。

「魚之助様に忠臣蔵の筋をお聞きいただいたあの日、小屋を出たお二人を追いかけて、私はお二人が喋っているのを耳にしました」

そのときのことを思い出しているのか、若女形の落ち窪んだ目の中に綺羅《きら》がすうっと入り込む。

「芸のためならなんでもできるのが役者だと、そう魚之助様はおっしゃっていた。ですから、私は己に問うてみたのです。私は芸のために命をきちんと賭《か》けられているのだろうかと」

私は本当に死ぬほど芝居が好きなのだろうかと。

「私は不安になって、でも同時に安心もいたしました。ああ、そうだわ、私は芝居への思いがまだ足りていなくって、だから私は大根なのだわ。それなら、命をきちんと賭けることができるようになれば、私は上の、上上の、上上吉の役者になれる。私は芝居のために命をおろそかにする必要があった。だから、留場に殺しを頼んだのでございます」

右から二つ目の枡席を使うこと、弁当を売りにくる中売りが押し寄せる三段目終わりの幕間に仕込むこと、と並べ立てるこちらの指図を書き留めるでもなくへらへらと聞いていた加助だったが、幕を開けてみれば屍体の外連《けれん》はこれ以上ないほど上手く運んだ。加助はなぜだか狐に摘《つま》まれたような顔をしていたが、金子を上乗せしてやると次も任せてくれと胸を叩いた。

その日の夜から殺した人間が夢に出てくるようになった。血塗《ちまみ》れの手が駒瀬の首をきゅうと締め、夜半に吐いた反吐《へど》の味で朝目覚める。だが、己がやつれていけばいくほど、駒瀬は嬉しくなった。

「尊い命を犠牲にできるほど私は芸へ身を捧げているのだと、そう思うことができました」

魚之助が土間に現れるとの噂を聞いて、駒瀬はまたぞろ屍体を仕込むことを決めた。どうか魚之助に見てほしい。己が人の命をどんなに軽く扱うのか、どれほど芝居に身を捧げているのか、その様を。

「なのに私は己が殺しに関わっていないと聞いて、ほうっとしたんです。人の命をつかっていないことに私、ほうっとしたんです。ああ、これで毎夜、悪夢を見なくてもいい。殺したお人に襲われる夢を見ずにいられる、と」

駒瀬はまた思わずといったように、ほうっと息を吐き、息を吐いたその胸をぎゅうと握りつぶす。

「私の芝居への思いは命で測ることができませんでした。なら、私の芝居へのこの思いは何で測ればいいんでしょう」

「測ること自体が間違っているのです」

駒瀬の傍に膝をつき、魚之助に背を向けて、阿近は駒瀬の頼りない背中を撫で上げる。

「何かと比べなくたって良いではありませんか。これまでだって駒瀬さんは芝居に対して真面目にひたむきにやってきなすった。あなたはそのままで良いのです。あなたは優しくって良いお人です」

「良いお人」駒瀬はゆっくり言葉をなぞる。

「優しくって良いお人は、良い役者になれるものでございましょうか」

白魚屋さんがいるとね、皆、頑張ろうとしてしまうんですよ。

阿近の酒に濡れた声が耳の中に木霊する。

あの人が垂れ流している芸品に嬲られて、少しでもいい芝居をしようとする。

魚之助に触れると、皆が化け者になっていく。

「これは墓に持っていこうと思うてたお話やけどもな」

囁くような魚之助の声に、呆けていた駒瀬の目が焦点を結ぶ。

「芝居の足しにしようと屍体を初めて見た日、屍体の御仁が夢に出てきて、あたし寝小便をしてもうた」

駒瀬は一寸吃驚《びっくり》した顔をして、それから、くすりと笑った。くすくすと笑い出し、体を丸め、次第にそれは嗚咽《おえつ》へと変わっていった。


冷えた紅殻塗りの格子戸を開き、背中の魚之助を上がり框に腰掛けさせると、ついと袂《たもと》を引かれた。振り返ってみれば、魚之助がほのかに笑みを浮かべていて、木戸も閉まっとるさかい泊まっていき、と戸の隙間から入り込んだ雪の片《ひら》のような声で言う。めるは蘭方《らんぽう》医《い》のところに泊まり込んどるから安心せぇとも添えられたが、板の間に乗せる藤九郎の足裏はどうしてだか薄く汗をかいていた。

魚之助の部屋へ行灯の火をつけにきた女中の虎魚《おこぜ》は、部屋に居座る藤九郎に米粒目を一寸見開き、それから、布団はどうします、と魚之助に聞く。二組やと答えた魚之助に、米粒目は豆粒目まで大きくなって、もう一度二組でよろしいんですねと聞いた。

左右の壁際に沿うようにして布団が敷かれてからもこれといって会話はなく、家主がすんなり布団に潜り込むので、しぶしぶこちらも布団に体を差し込んだ。温石《おんじゃく》を懐に抱えながら藤九郎はもう一方の布団の様子をちらとうかがう。

昼間はあれだけ魚の跳ねている鮮やかな着物を身につけておきながら、寝間着となると柄一つなく真っ白なのは、どうも藤九郎の胸内を落ち着かなくさせる。こちらに背を向け、晒されている頸《くび》にはきっちり白粉が刷《は》かれていて、その白さは以前見たことのある応挙《おうきょ》の幽霊画を思わせた。色の抜けた髪を額に貼り付け、虚《うつろ》な目をしたその幽霊には、足がない。

「先の小便の話は本当ですか」

気づけば、藤九郎は魚之助に問いかけていた。

「なんや、寝小便を垂れるあたしはお嫌いでっか」

背中を向けられたままだが返された言葉はいつもの通りに小気味よく、藤九郎は口の端っこで小さく笑う。俺ぁ、何を緊張していたのか。これじゃあ冷や汗のかき損ってもんよ。未だ濡れた足裏をふくらはぎへとなすりつける。

「いいえ、俺も怖い夢を見て、寝小便を垂れていた時期がありましたから。天下の名女形も一介の鳥屋も布団に入りゃあ一緒だなと」

「一緒やあらへんで」

藤九郎は魚之助を見た。向けられている背中は身じろぎひとつしない。

「あたしとお前は一緒やあらへん」

なあ、藤九郎、と白い頸が問いかけてくる。

「お前、いつから芝居町を歩くときに背筋が伸びるようにならはった」

声はいつもの通りに凜《りん》しゃんとしていたけれど、雛《ひな》の餌を喰《は》む音さえ聞き分ける藤九郎の耳には、その吐息の震えがよく響く。

「いつから小屋内の道具のあれこれの名前がわかるようにならはった。いつから小屋内で友人が作れるまでに馴染むようにならはった」

一旦《いったん》言葉を切って、魚之助は途方に暮れたように言う。

「お前はいつから芝居者になってもうたのや」

「俺は決めたんです」

藤九郎は布団の裾《すそ》を跳ね上げた。畳に手をつき、魚之助の背中へと身を乗り出す。

「俺はこれからも芝居を学びます。学んで、それで、俺は少しでも魚之助のことをわかりたい」

真っ直ぐに頸に向かって押し込んだ言葉は、はん、と鼻で笑われる。

「あんたのお心内なんぞ知ったこっちゃありまへんけどな。あんたがこれ以上、芝居に近づこうとするんなら、あたしはあんたを連れ歩く理由がなくなるんでっせ」

「……どういうことです」

「あたしはお前のお綺麗なところが都合良かった。芝居をなんも知らんその真っ白新品《ちろさらぴん》なところを買うて、あんたを傍に置いていたのや。せやから、芝居に染まってもうた御仁には、あたしはちいとも惹《ひ》かれへんのやで」

藤九郎は唇を噛む。

わざと意気地《いきじ》の悪い言い方をしていると気付かぬほど、浅い付き合いではなくなっていた。

魚之助はわざと藤九郎を突っぱねている。藤九郎の心の内に残っている道理を魚之助なりに守ろうとしてくれている。それがひしひしと感じられるからこそ、藤九郎はなんと返せば良いものかわからない。

黙りこくる藤九郎に、魚之助はぽつりと言う。

「お前、いつか人が死ぬんにも慣れてしまうで」

行灯の油の染みた芯が燃え尽きた後も、二人して口を開くことはなくなっていた。

夜半時、藤九郎は何やら耳たぶを掠《かす》めてくる音に薄目を開けた。自然と箱枕から頭は上がるが、こいつは籠《かご》の底に羽が擦れる音じゃあねえな。暗闇の中、ほっと息を吐く。餌が喉に詰まって嘴《くちばし》を鳴らす音でもねえとぼんやり当て込んでいったところでようやっと、ここが鳥屋でなく、魚之助の家であったことを思い出す。思わず布団の中で息を止め、耳を澄ませた。すると、音の正体はすぐに知れる。羽の擦れる音は衣擦《きぬず》れで、鳴る嘴は歯軋り で、聞こえてくる声は、痛《いて》ぇ痛ぇと呻いている。藤九郎は転がるようにして布団を這《は》い出た。四つん這いで部屋を横切り、布団の縁《へり》で膝を止める。

魚之助は、悶《もだ》えていた。

くの字に体を折り曲げて、身じろぎするたび饐《す》えた匂いが鼻につく。次から次へと流れ落ちてくる脂汗が鼻先に雫《しずく》を連ねている。嚙みしめ、歯形の残る唇からは、痛ぇ痛ぇとうめき声が漏れている。

咄嗟に藤九郎は魚之助へと右手を伸ばして、そして迷う。

痛ぇというのは、どちらだろうか。

己が摩《さす》ってやるべきは、足であろうか、それとも腹であろうか。

そうやって逡巡《しゆんじゆん》しているうちに魚之助の悶えはおさまって、尋常の寝息を立て始めた。

しかし時折鼻の詰まったような寝息が挟まって、その度に魚之助の顔を覗き込んでいれば、いつの間にやら夜が明けていた。

汗でくっついたまつ毛が目蓋《まぶた》を押し上げるのを藤九郎が見つめていても、魚之助は驚かなかった。身を起こし、布団の上にゆっくりと尻を落ち着け、そして、問うてくる。

「あたしは寝言を言いましたやろ」

化粧は脂汗で流れ落ちている。目尻には目脂《めやに》がこびりつき、髭《ひげ》もちまちまと生えていた。

だが、魚之助はその顔を真正面から藤九郎に向けている。ここで目をそらすのは優しさではない。藤九郎は魚之助の顔を見据えて「……ええ」と頷く。

魚之助は傍に置かれた手拭《てぬぐ》いで顔を拭い、

「そんで」くぐもった声を出す。「どちらでした?」

どちらだ。藤九郎は考える。

手鏡を取り出し、剃刀《かみそり》で髭をあたっている魚之助の手は震えている。

己に聞いてくる意味はとんとわからぬけれど、この選択を間違えてはいけないことだけはわかった。

「たぶん」

口の中で暫し舌を温めて、

「足が痛かったんではと」

「……足?」

怪訝《けげん》そうな顔がこちらを向いた。

「あたしは寝言がどちらやったかを聞いてるんやで」

「ですから、足だと」

「声や」

返されて、藤九郎が眼を二度ほどぱちくりさせると、

「近頃、あたしは寝言を言うらしい」と魚之助は苛立ったように言う。

二《ふ》タ月前、夜更けに手水《ちょうず》で布団を抜け出した女中が、魚之助の部屋で人がぼそぼそと喋くる声を聞いたという。芝居に熱が入っておしまいになるのは今更咎《とが》めやしませんけれど、と女中は朝餉《あさげ》の席でじとりとした目を魚之助に寄越《よこ》す。正本《しょうほん》を声に出して読むならお時間

を考えていただかないと。魚之助は己の寝言だとすぐに気付いた。朝目覚めて、妙に喉がいがらっぽかったのはその為か。己の体の不調が知れてほうっとした。それと同時に、

怖なった、と魚之助は言う。

「あたしは今日まで女子としてやってきた。女子の言葉を使って、女子の着物を着て、女子の仕草を身につけた。せやのに、ここにきて寝言が男のもんであってみい。これまで必死こいて生きてきたすべてはなんやったんや。いや、女子のはずや。男の声になるはずがあらへん。そう思っていても、あたしは寝言の声が男か女か、知るんが怖なった。寝所に誰も近づけさせへんようになった。せやけど、まあ、此度はええ機会やと思いました。お前にやったら聞かせてもええ。お前の言葉なら受け入れられる。せやから、そのお耳で聞いたことを、はよう教えてくださんせ」

女か男か。

「あたしはどちらの声で喋っとった」

藤九郎は俯《うつむ》いている。魚之助の告白の半ばあたりから、まともに目の前の女形の顔を見ることができないでいる。あのその云々《うんぬん》言いながら、しばらくもぞもぞと尻を動かしていたが、覚悟を決めた。

「わかんねえです」

魚之助の口がぽかりと開いた。遅れて「へ」と言葉がまろび出てくるのを聞いて、藤九郎は慌てて言い募る。

「いや、魚之助の寝言はきっちりこの耳で聞いたんだよ。だけど、あまりに痛ぇ痛ぇと言うもんだからさ、俺ぁ何をしてあげられるのかとそればかりを考えちまって。声音《こわね》がどちらだったかなんて、まるで気にしちゃいなくって。いや、ちょいとお待ちを！　今から思い出してみせやす」

だが、こめかみを指で押せば押すほど、頭がこんがらがってくる。

「平生より高かったんじゃあねえのかな。だから寝言は女子の声であったと思います。うん、そうだ、きっとそうだ。いや、違ぇ、今思い出したのは布団に入る前の魚之助の声だ。ほんとうのところは低かった。低くって嗄《しゃが》れていて、いや、違ぇ違ぇ、こいつは誰の声だ」

一人で押し問答をしていると、ぷうと魚之助が目の前で吹き出した。見ると、大きく開けた口から白い歯が煌《きら》めいていて驚いた。これまでの魚之助といったら、袖口で口元を隠しておほほ、とやるか、綿を頰の内に含ませたようにんふふ、とやるか、そのどちらかであったのに。目の前のお人は布団の上で、けたけたとひとしきり笑い転げてから、

「よかったわぁ」と涙を拭う。

「安心しました。あたしとお前ははなから人間の器が違っとる。どこまでいっても相容《あいい》れへんのやわ」

久方振りに見る魚之助の満面の笑みだというのに、なぜだか藤九郎の心には波が立つ。

「どうしてそういうお話になるんです」

「一緒に寝たんがもし芝居者やったなら、間違いなくあたしの寝言が女か男かで賽子《さいころ》をふって丁半楽しむ。まあ、そないに意地の悪いお人でなくっても、女形という生き物の寝言の声音は気になるところではあるはずや。だのに、あんたはあたしの寝言を聞いておきながら、その声音を覚えとらんと言う。あたしの寝言の中身にあたふたしとる。せやからあたしは安心したわ、と言うんです」

朝の光が障子を透いて、部屋内を照らす。

「あたしと出会うて、これだけ芝居塗れで過ごしても、あんたの芯のお優しいところはちっとも芝居に染まったらへん。あんたが芝居者になることは一生あらへんのや」

藤九郎と魚之助の間を分ける畳の金縁が光を弾《はじ》いて、輝いている。

「あんたとあたしがわかり合うことは、この先ずうっとありはしませんのや」

笑みを浮かべる魚之助の顔は晴々しい。藤九郎はそれがひどく悲しく、そして悔しい。

「わかり合えねえのは良いことなんですか。俺はあなたとわかり合いたい」

金縁の上へと乱暴に膝を滑らせたが、魚之助は困ったように笑うだけで、何も言葉を返すことはなかった。

目覚ましに出された湯漬けの上には、好物のどぶ漬けが乗っけられていたが、先の魚之助の言葉が頭内でてんてん滴っている藤九郎の箸は一向に進まない。一方、魚之助はご機嫌で湯漬けはおかわり、部屋に戻っての化粧も鼻歌混じりなのは腹が立つ。

だが、鏡台の斜め後ろでむっつり黙り込んでいると、するりと白い手が伸びてきて、

「こいつが円蝶の配っていた白粉や」

差し出された陶器の蓋《ふた》には薄く粉が盛られている。

「化けもの暴きの幕はまだ開いたままでっせ」

間違いなく話をさて置かれた形だが、まあ、いいぜ。藤九郎は素直に器の中身に顔を寄せてやる。藤九郎は魚之助とわかり合うのを諦《あきら》めてなんぞいない。魚之助の尻の毛の枝毛まで知り尽くしてやるつもりでいるから、たんと時間をかけるのだ。そんな目論見《もくろみ》を胸に秘めたまま白粉に顔を近づけると、あ、と思わず声が出た。

「この白粉に使われている糞《ふん》。こいつは鶯の糞じゃねえ」

細かに砕かれてはいるが、こちとら扱う鳥の種が江戸一多い鳥屋の主人だ。白粉の中に指を入れぺろりと舐め上げれば、もう間違いはない。

「こいつはいすかの糞だ」

「へえ」と鏡越しにちろりと魚之助と目が合った。

「でも、いすかの糞を使うとは、随分と手の込んだことをいたします」

鶯の糞は肌にすり込めば白さに磨きがかかると、広く知れ渡っている。藤九郎の鳥屋でも戸口に糞あり▨《ます》の貼り紙を出すだけで、明くる日には朝から女子らが店前に列を成している。だが、いすかの糞が肌に効くとは聞いたことがない。くわえて鶯よりも体の大きいいすかの糞は乾かすのに時間はかかるし、松の実を好むことによる独特の臭いを消す手間

もある。

「わざわざいすかの糞を混ぜ込んでいるってえことは、やはりいすかも見立てに関わってくるということで」

「まあ、そう考えるんが自然やわな」

言われて、藤九郎はこれまでの殺しで使われた見立てを頭に思い浮かべてみる。人の耳に棒を突き入れ、口の中には鈴を入れ、おまけにいすかの糞を顔に塗りたくる。それだけ言いたいことがあるというわけだろうが、

「……ちょっと見立てが込み合ってい過ぎやしませんか」

ふと、そんな疑問が湧いて出た。

「込み合っている？」

「なんだか下手人は見立てを使ってどう訴えるかよりも、見立てることに必死になっているというか」

「……なるほどな」魚之助は紅刷毛《はけ》を持った手を止め、

「芝居者の悪い癖《へき》が邪魔をしたっちゅうわけか」

「癖、ですか」

「そこに見立てがあったなら、あたしらはそれを解かずにはおられへん。見立ての中身を、見立てが何を意味しているんかを、知りとうてたまらんようになる」

藤九郎は思い出す。此度の殺しをはじめて耳にした魚之助は、唇をぺろりと湿らせて、

なんにしても耳穴に棒をぶっ刺すそのお心の動き方には、そそられるものがあるわいなあ。

そう言って口元に笑みを浮かべていた。

「せやけど、下手人にとって見立ての中身が二の次であったんなら」と魚之助は言う。

「下手人にとって殺しを見立てに仕立てることが一番の目的やとしたら」

魚之助の膝がくるりと回って、藤九郎を真正面から見据える。目の縁に塗られたばかりの綺羅よりも目の奥が煌々《こうこう》と光っている。

「なんや色々と繋がってくるものがあるやないか」

言ったきり黙りこくる魚之助にならい、藤九郎も目を閉じ脳みそを掻き回してみる。魚之助は繋がってくるものがあると言う。だから、頭の中に浮かんできた言葉を、数珠《じゅず》に繋げてみる。

下手人、恋の神様は叶《かな》わぬ恋の成就のために、人殺し。見立ては耳の穴に棒、口の中に鈴。この神様と通じているのが円蝶で、配る白粉にはいすかの糞。いすかと言えば、此度の芝居のあの台詞。つらつら長い台詞の中でも、皆が口ずさむその一節は——。

「そうか」と魚之助がこぼした言葉に、藤九郎は我に返った。

「なにがです」と問いかけてみるが、魚之助はぼうと宙を見つめたままで、そして呟く。

「お前やったんか」

山間に建つ小屋内には、隙間風がしきりに入って手がかじかむ。

だが、突き立てるところは間違えてはならぬ。震える手で刀を抜いて、帯に仕込んだ血袋の場所を確かめてから、ずぶりと腹に差し込んだ。

「亡君の御恥辱とあれば一通り申し開かん」

血が畳に落ちるそのてんてんを拍子に、勘平は手首に筆書きした台詞を読み上げる。

「いかなればこそ勘平は、三左衛門が嫡子と生まれ、十五の年より御近習勤め、百五十石頂戴いたし、代々塩冶のお扶持を受け、束の間ご恩を忘れぬ身が」

ここで一寸息を止め、臍《ほぞ》のあたりに力をこめて、

「色にふけったばっかりに」

「おやめくださいまし、勘平様！」

投げつけた声を己で追いかけるかのように戸口から飛び出してきたお軽は、勘平にぎゅうと縋《すが》り付く。

「もう良いではございませんか。そうも忠やら義やらが大事でありましょうか。そうやって腹を切ったところでお殿様は返ってなど来られない。腹を切って誰が救われるというのです」

「何を言うのだ、お軽。主君のために腹を切る。それこそ武士としてあるべき姿。わたしは武士の手本となるのではないか」

「武士の手本となって何の良いことがありましょうや。あなた様が腹を切り、気持ちがい

いのは世間様でございます。やんややんやと持て囃《はや》されて、浮世絵、読本、絵草子と、しまいにゃ舞台《いた》の上に乗せられましょう。あなた様のそのお涙だけがぴかりと綺麗に描《えが》かれて、あなた様のその腹から飛び出た腸《はらわた》のお色なんて描いてくれやしないのです」

お逃げになればいい。

細い腕を袂ごとそっと勘平の首に巻きつける。勘平の耳たぶになつくようにして、お軽は言葉を擦り付ける。

「なにもかもを忘れてお逃げになればいい。主人や家のことなど、飯を食うて寝て、穏やかに過ごして、すべて過去に追いやってしまいませ。わたくしと恋に生きましょう」

その囁きにたたらを踏んだ勘平の足つきに微笑み、お軽は、いや、魚之助は舞台上から客席へと目をやった。

つられるようにして、勘平も、いや、藤九郎もそちらに目玉を動かす。

凍てつく寒さに木板の軋む音すら聞こえてこない中村座の芝居小屋の中、先ほどまではなかった影がほつりとあった。その影がこちらへほつりほつりと歩を進めてくるたびに、舞台に並べた百目蠟燭《ひゃくめろうそく》の火が揺らぐ。藤九郎は思わず手燭を一台手元に引き寄せたが、魚之助は暗がりに向かって問いかける。

「どうでっしゃろ？　この筋立てやったらお気に召すやろか」

影は檜《ひのき》舞台を前にぴたりと止まった。天井を見上げるそのなだらかな喉の線を藤九郎は以前見たことがある。

あの日、鳥屋の床几《しょうぎ》に二人して尻を乗せ、小雨の降ってきた空を見上げながらの会話を思い出す。

――皐月《さつき》の二十八日に降る雨を、虎が雨というらしいのです。

――虎が雨？

――十郎には愛した女子がいたそうにございます。

あのときの円蝶に喉仏がなかったのはたぶん、見間違いではなかったのだろう。

魚之助はなおも言い募る。

「この筋立てやったら、あなたは人を縊《くび》り殺す必要がおまへんやろ」

だんまりの人影を、舞台に並べた蠟燭の火がゆらりゆらりと暴いている。

「なあ、円蝶はん、いや」

魚之助はちろりと唇を舌で湿らせ、

「虎御前」

相模国大磯の遊女で名前を虎。曾我兄弟の死後、箱根で髪を剃《そ》り落とし、各地の霊場を巡り歩いて兄弟の菩提《ぼだい》を弔った。その生涯を兄弟の供養に捧げたと言われている。

藤九郎にそう説明をしてくれた鳥屋での円蝶は、円蝶でなかった。

黒髪を結わずに肩のあたりでゆるく束ね、江戸では見慣れぬ袂の長い小袖を纏《まと》った目の前のこの女子、お虎が円蝶の皮をかぶっていたに違いない。唯一似ている薄い唇だけが僅《わず》かに開く。

「わたくしを呼び込むだなんて、大変肝が据わっていらっしゃる。わたくしはこの芝居小屋で何人も人を殺してきた化け物だというのに」

「怖くはありまへんわ。あなたがあたしを殺すはずがありまへんもの」

魚之助は、微笑んでいる。

「あたしを殺してもうたら、あなたが今までやってきたことがすべておじゃんになってしまうもの」

お虎は魚之助の言葉を、暗がりから黙って聞いている。

「叶わぬ恋に苦しむ女子らにお願いをされて、そんなら殺しましょうと殺す理由をまず作る。お次は、死に様。耳穴に棒を突き立て、もしくは口の中に鈴を入れ、屍体に意味を拵《こしら》える。そうやって膳立てせんと、これまでの殺しがおじゃんになってしまうもの」

殺しに理由が、屍体に意味がなければならないわけはなんなんです。

小屋へ乗り込む前に、そう問いかけた藤九郎に魚之助は答えた。

「あなたは化け物として人を殺すんやなく、人間として人を殺さなあかんかった」

獣や化け物は腹が減ったから人を殺す。殺しにごちゃごちゃと意味をつけるんは、人間だけや。

「虎御前がそれだけ人間であることに拘《こだわ》る理由は、あの兄弟のためでっか」

お虎は目を細める。兄弟、とその言葉をまるで舌で撫でるかのように呟いてから、

「わたくしは神様に祈ってしまったのです」と言う。

「何とお祈りにならしゃった？」

「仇討《あだう》ちへと行かれる際に、ああ、十郎様、五郎様、どうかご無事にと」

藤九郎はたまらずに嘴《くちばし》を挟む。

「それは悪いことなんですか？　無事を祈ることの何がいけないんです」

お虎は口の端を上げて笑う。ぴりと口端が一寸切れる音がする。

「無事に、とお願いをいたしました。無事にしくじってくださいましと」

「……しくじる？」

「成し遂げてはいけません。仇討ちを果たしてしまったら、この先お二人は世の果てまで追いかけられることになる。仇討ち相手も面子《めんつ》というものがございますもの。十郎様たちのお首を桶《おけ》で塩漬けにするまで、あきらめますまい」

「だから、あなたは仇討ちがしくじることを願ったって言うんですか」

「ええ」ゆっくりと頷き、「わたくしはとんでもない女子でございましょう」

胸の辺りに置いた手のひらからは爪が伸び、着物をさりりさりりと破いている。

「武士の本分をつとめようとしている兄弟の、その兄の妾《めかけ》ともあろうものが、とんでもない願いをかけている。主君からの御恩をどうかお忘れになりませぬよう、武士としてのつとめをどうか立派に果たしませ。そう言って刀をお渡しすることが己の役割だと、己でもよくわかっておりましたのに」

しかし、祈らずにはいられなかった。何につけても願をかけた。水瓶《みずがめ》から柄杓《ひしやく》で水を移す際にも、ふと願う。これを溢《こぼ》さず茶碗《ちゃわん》に入れることができれば、あの人らは仇討ちをしくじってくださる。舟に乗っている間、雨が降ってこなければ、あの人らはしくじってくださる。家の戸口から次の曲がり角まで歩くとき、誰にも声をかけられなければ、あの人らはしくじってくださる。そのような小さな願いを幾度もかけて、

「百と四十三回、しくじってくれるはずでありました」

しかし、仇討ちは果たされた。果たされてしまった。兄弟は首となって帰ってきた。

「あと一回、神様に祈らなかったからだと思いました。百と四十四回、祈ればしくじってくださったのかもしれない。いいえ、わたくしの願う強さが足りなかったから、だから仇討ちは果たされてしまった。髪を落とし山奥に引きこもって暮らしていても、頭に浮かぶのはそのような悔いばかり」

あのとき、柄杓の水を溢していなければと床に爪を立てていると、いつの間にやら爪が伸びて、鋭くなった。木板の爪痕は日増しに深くなってゆくものだから、仕方なく着物を歯嚙みするようになると、犬歯も日に日に尖って着物を裂き、着るものがなくなった。しかし悔いは積もるばかりで、夜毎、裸で外を走り回った。すると、二の足で走るよりも四の手足で走る方が早くなっている。

「そこでわたくしは気づいたのです」

お虎が一寸息を継いだのと、藤九郎が瞬きをしたのが丁度重なったときのことだった。

「ああ、己は化け物になるのだと」

客席に一匹の虎がいた。

浮世絵でしかお目にかかったことのないその生き物は、くすんだ鬱金《うこん》色の毛並みをして、火消しの腕を二つ纏めて括《くく》ったような図太い四つ足で地面を踏み締めている。顔の黒い筋模様は、役者が目の周りに入れる隈取《くまど》りに似ている気がした。

人虎《じんこ》、と魚之助が低く囁く。

「それでも良いと思いました。化け物になれば兄弟の仇討ちのことを考えずに済む。己の咎を悔いて喉元を掻きむしらずに済む。飯を食い寝てひり出して、そのように生きることができれば、どんなに幸せか」

初めのうちは人としての意識がはっきりしていた。だが、人虎として生きているうち、己の意識は次第に靄《もや》に包まれるようになってきて、百年過ぎたあたりから、ふと気づくと人の指をしゃぶっている、なんてことが多くなった。

「ですが、芝居を見たのです」

なんの気なしに入り込んでみたその小屋で、舞台に立っていた女子は己の好いた男を悪く言う男にしゃらりと悪口《あっこう》を返し、仇討ちを心に秘めた男の背に優しく手を添えていた。

まるで世の中の手本のような女子であった。

「真逆なのでございます。だって、わたくしは十郎様たちの仇討ちのしくじりを願った女子。その真逆の姿をまざまざと見せつけられた。こんな女子の姿がこの先、ずっとずっと色々な人間の目の玉に映し出されて、女子のあるべき姿だと伝えられていくのだと思うと、なんだかたまらぬようになりました」

「見たのは、円蝶の揚巻やね」

「とてもお美しゅうございました」

ですから、殺さなければ、と思いました。

芝居を見たその日のうちにお虎は円蝶の家屋へと忍び込んだ。布団の上に載せられた小づくりの頭を覗き込むと、一皮目はくっきりと開かれている。

「足でお願いしたいのですけれど」

悲鳴のひとつも上げることなく、円蝶はお虎を見上げたままで、そう持ちかけてきたという。

「わたくしは足を動かすよりも手の振りの方が、舞台《いた》の上では様になります。ですから、そのお口で召し上がっていただくのは、足二本でお願いしたい。ああ、でも、ちょいとお待ちを。そういえば先に足のなくなった女形がおりましたか。ううん、二番煎《せん》じはちとおもしろくない」

己で喰われる部分を指示してくる役者の豪胆さに呆気《あつけ》にとられ、なんというお人、と呟いたが最後、あらまあ良いお声、と拾われて、あれよあれよという間に己の境遇を円蝶に喋っていた。気づけば、円蝶に両手を優しく撫でられながら、こう耳穴に言葉を注ぎ込まれている。

「わかります。ええ、わかりますとも。それほど忠孝が大事でございましょうか。恋に生きて何が悪いのです。そう思っている女子はこの世にいくらでもおりましょう。あなたが願をかけたことは、決して間違ってなどおりませんでした」

お虎が目端に涙を滲ませるのをしっかと見届けてから円蝶はその震える肩に手を置いて、実はこんな台詞が隣の芝居小屋で流行っておりましてね——、

「色にふけったばっかりに」

魚之助の声が伽藍堂《がらんどう》の芝居小屋に響き渡る。

「そらぁ、こんな台詞は虎御前の疳《かん》の虫をつつきますやろな。色恋にふけったことを後悔して、板の上に乗った男は腹を切るんやもの。その台詞は己の恋のために仇討ちのしくじりを神様に祈ってもうたあんたを責めるようなものやさかい」

「わたくしは忠孝の呪いに苦しむ女子らのために、人を殺すことに決めました」

それは素敵なこと、と円蝶は両手を合わせて喜んだ。よござんす。わたくしがお手伝いをいたしましょう。

「それで円蝶にいすかの糞を混ぜ込んだ白粉を配らせたのやな」と魚之助は言う。

「いすかの匂いがぷんとする女子をまず探し、夢見鳥の手拭いを帯に挟んだそのお隣さんを選んで殺す。そうやって死んだお人の耳穴にわざわざ棒を突っ込んだんは、鹿に見立てるためでっしゃろ。口ん中に鈴を放り込んだんは、お口を音無しの滝に見立てたのやろ」

「十郎様たちが仇討ちを果たした巻狩りで、十郎様と五郎様は出会った鹿の頭領を殺さずにおいたと聞いております。なんでも無益な殺生をすべきでないと十郎様が仰ったとか。

神様はそれをお喜びになって、お二人に冥加《みょうが》をおつけになったそうで。ですから、その鹿を殺してやったのです。音無しの滝も同じこと。轟々《ごうごう》と平生は五月蠅《うるさ》い滝が十郎様と五郎様が仇討ちの算段をつける間だけ、音を消してくださったと聞きました。ですから、口の中に鈴を入れてやったのです。すると、どうです。隣の小屋の助六が己で鹿を殺していらっしゃるではありませんか。わたくしはそれを見て、あんまりにも嬉しくって思わず櫻《さくら》を」

「無理やりやねえ」

魚之助の笑みを含んだかのような声に、人虎は口をつぐんだ。小さくかつりと牙が鳴る。

「屍体の見立てが無理やりや。忠孝の呪いに苦しむ女子のためなんやったら、縊り殺すまででええやないですか。仏の耳穴に棒を差し込んで、口に鈴を入れて見立てる必要なんてありゃあせんもの」

魚之助は、一旦口を閉じ、

「殺しに曾我兄弟を絡めたかったんやろ」

人虎の顔をじいと見つめる。

「虎御前は恋のために殺しができる人間でいたかったんや」

藤九郎の頭の中で、これまで詰《なじ》ってきた女子たちの顔と人虎の顔が一瞬、重なる。

人虎はええ、と頷いた。ええ、ええ、と何度も頷く。

「わたくしは人として人を殺したかった。あの人らを慕った遊女として、義理や人情を慮《おもんばか》るお人らを、殺したかった。化け物として己の腹をくちくするために餌を仕留めるのではいけなかったのです」

でも、と人虎は牙を見せる。それが笑みだと、藤九郎はすぐには気づけなかった。

「でも、それももうおしまいでしょう。人の屍体を見て、わたくし、美味《おい》しそうと思ってしまいましたから」

人虎の口からぺろりと出た舌がただ口を潤しただけなのか、それとも舌なめずりなのか、藤九郎にはわからない。

「もうすぐ頭の中身まで人虎に成ってしまうのでしょう。人間のときのわたくしがどれほど残ってくれるものかわからない」

がつりがつりと牙が鳴っている。

「わたくしは、お虎は、消えていく」

人虎の口端から垂れた涎《よだれ》が地面に吸われるその直前、魚之助が勢いよく立ち上がった。舞台からひらりと飛び降りると、真白の袂がたなびいた。

「魚之助！」と咄嗟に藤九郎は叫んだが、魚之助は止まらない。

薄桃色の濡れた鼻先に顔を近づけ、その手でぴしゃりと人虎の顔を挟み込む。

「今更、化け物面をされますな」

人虎の鼻面に皺が集まる。

「あんたは人として人を殺したんやろ。今になって化け物面して逃げるんやない。人として人を殺したんなら、人の道理で人の罪咎を受けなあきまへんのや」

せやから、

「その人虎の化け物面もお虎の化け者面も、あたしに皺の一筋、髭《ひげ》の枝毛まで余すところなく見せなはれ」

人虎は呆けたように口を開けた。

「あたしが演じてやるやないか。曾我兄弟の仇討ちを阻《はば》んで、兄弟の袖に縋り付く揚巻のお姿を。この先、その揚巻が残るかどうかはわからへん。百年、二百年先には、江戸好みの今の曾我物が残っているかもしらん。せやけど、そんな揚巻が、忠も義もほっぽり出して恋に生きる一人の女子が出てくる芝居を、このあたしが演じたる」

人虎は髭を震わせていたが、ゆるゆると口端を持ち上げた。ああ、笑っているのだとはっきりわかった。藤九郎が舞台を飛び降りたときには、人虎は消えていた。何か言葉を残すこともなく、形見を置いていくこともないそれは、化け物の去り方だった。ただ、魚之助の隣に辿り着くと、獣の匂いより香の匂いが残っている気がした。その混じり合った匂いの中に、魚之助は一人ぽつねんと立っている。

「あんな約束してしまってよかったんですか」

藤九郎が問いかけると、

「なんでもかんでも舞台《いた》の上に乗せて、面白おかしく拵えてきてもうた芝居者なりのけじめってやつや」

応える魚之助は女形の顔をしている。

魚之助、と呼びかけると、わんさと生えたまつ毛の下で目玉がこちらに向かって動く。

「白魚屋の揚巻を見るまで、です。それを見るまで俺はあんたの隣におりますよ。さっきの人虎の髭の震える様をあんたがきちんと芝居に乗せられてんのか、見届けんのが俺のけじめってやつですから」

しばらく黙っていたが、魚之助はんふふ、と笑う。

「あたしの揚巻を見て、腰が砕けて二度と立たれへんようになってもしりまへんで」


円蝶が百千鳥を訪ねてきたのは、字余りの俳諧《はいかい》でも詠めそうな長閑《のどか》な弥生《さんがつ》の昼中であった。

「天晴《あっぱ》れでございますね」

まるで謀《はか》っていたかのように客波が引いたばかりで、店内には藤九郎しかいない。

「なんでも、白魚屋さんとお二人で化け物退治をなされたとか」

床几に尻を乗せ、円蝶は隣をさわりと手のひらで触れるが、藤九郎は並んで座りなどしてやらない。

「あなたは人虎側であったのでは」

円蝶の目の前に向かい立つ。

「魚之助は言っていました。あなたは女子の恋に狂った顔を見たかったんだろうと。そのために人虎と組んだのでしょう」

己の図体《ずうたい》の大きさをわかっての仁王立ちだったが、円蝶はまるで気にすることなく、藤九郎の問いかけに、ええ、と頷く。

「皆様、とってもよいお顔をしておりました」

藤九郎の出した麦湯をするりと啜って、

「恋の神様の噂は次第に廃れていきましょう」との円蝶の物言いは、淡々としている。

藤九郎は顔をしかめる。

「殺されたお人らがあまりに哀れです」

「あの女子らはしぶとく生きてゆくのでしょうね。ただ、己が手にかけた人間のお顔は一生忘れられないはずですよ。殺しとはそういうものです」

藤九郎は想像する。あの化け者たちは、これから何度血濡れた手に首をきゅうと締められる夢を見るのだろうか。これから何度反吐の味のする朝を迎えることになるのだろうか。

ふと気づくと、円蝶がこちらをじっと見つめている。円蝶の喉仏が柔らかく動く。

「わたくしと魚之助様はよく似ているのだと思います。芝居がなによりも一等大事。芝居のためなら、人間の道理で引かれたその一線を越えてもいい。わたくしもあの方も化け者になることを厭《いと》わない。そう思っていたのですけれど」

円蝶の目線が、藤九郎の頬に羽化したばかりの蝶《ちょう》のようにひらりと止まる。

「あなたが現れたせいで、あの方は人間になってしまわれた」

そして、あなたがいるせいで、魚之助様は至極の女形にはなれやしないのです。

藤九郎はふん、と一つ鼻を鳴らした。そして、どっかと円蝶の隣に座る。

「魚之助が芝居に戻ったら、あなたは呆気にとられることになるでしょうね。なんて素敵な女形がいるんだろう、あたしは太刀打ちができやしないわいな、と」

藤九郎はいたく真面目に喧嘩《けんか》を売ってやったというのに、円蝶は藤九郎の物真似にくすくすと笑っている。

「あの方は檜舞台にお戻りになると？」

「前よりも義足の練習をしてますよ」

「それは、とてもよいこと」

「よいこと、ですか？」

思わず問いかけた藤九郎に、円蝶は小首をかしげている。

「いえ、あなたは魚之助のことが嫌いなのだと思っていましたから」

「だって、白魚屋が舞台に戻ることは、芝居国にとってよいことでございましょう」

円蝶は嬉しそうに言う。

「それは、わたくしにとっても至極よいこと」

うふふ、と声に出して笑い、

「だって、わたくしは芝居が好きですから」

考えてみれば、恋も芝居も全て好きから始まっているものだった。

ああ、好きという気持ちは、こんなにもおぞましく、煌びやかで、恐ろしい。
そして役者というものは、その好きを一身に負っている。
春のうららかな陽光の中、遠ざかっていく夢見鳥の紋を藤九郎はいつまでも見ていた。

ある年から、芝居国でまことしやかに囁かれる噂があった。芝居小屋の舞台に曾我物を乗せると、どこからともなく虎の唸《うな》り声が聞こえてくるらしい。しかし、曾我兄弟の芝居が良ければ唸り声はやみ、櫻がはらりはらりと舞い落ちてくる。
その芝居の遊女を、役者は皆、手本にするという。

【主要参考文献】
『名作歌舞伎全集　第二巻』戸板康二・利倉幸一・河竹登志夫・郡司正勝・山本二郎監修／東京創元社
『名作歌舞伎全集　第十八巻』河竹登志夫・郡司正勝・山本二郎・戸板康二・利倉幸一監修／東京創元社
『新編　日本古典文学全集53 曾我物語』梶原正昭・大津雄一・野中哲照校注・訳／小学館
『戯場訓蒙圖彙』式亭三馬著、服部幸雄・国立劇場調査養成部芸能調査室編／日本芸術文化振興会
『増補役者論語』守屋 毅編訳／徳間書店
『近代日本文學大系 第十六巻 曲亭馬琴集下』曲亭馬琴／國民圖書
『近世庶民文学論考』尾崎久彌著、中村幸彦編／中央公論社
『曽我物語の史実と虚構』坂井孝一／吉川弘文館
『江戸時代の歌舞伎役者』田口章子／雄山閣出版
『芸づくし忠臣蔵』関 容子／文藝春秋
『芸の秘密』渡辺 保／角川書店
『大江戸飼い鳥草紙　江戸のペットブーム』細川博昭／吉川弘文館

早稲田大学文学学術院教授の児玉竜一先生に歌舞伎や当時の慣習等へのご助言をいただきました。
謹んで御礼申し上げます。

本書は書き下ろしです。

蝉谷めぐ実（せみたに　めぐみ）
1992年、大阪府生まれ。早稲田大学文学部で演劇映像コースを専攻、化政期の歌舞伎をテーマに卒論を書く。2020年、『化け者心中』で第11回小説 野性時代 新人賞を受賞し、デビュー。21年に同作で第10回日本歴史時代作家協会賞新人賞、第27回中山義秀文学賞を受賞。22年に刊行した『おんなの女房』で第10回野村胡堂文学賞、第44回吉川英治文学新人賞を受賞。

化《ば》け者《もの》手《て》本《ほん》

2023年７月28日　初版発行

著者／蝉谷《せみたに》めぐ実《み》

発行者／山下直久

発行／株式会社KADOKAWA
〒102-8177　東京都千代田区富士見2-13-3
電話　0570-002-301（ナビダイヤル）

印刷所／旭印刷株式会社

製本所／本間製本株式会社

ISBN 978-4-04-113636-2　C0093